Isaac Bashevis Singer

Die Gefilde des Himmels

Eine Geschichte vom Baalschem Tow

Aus dem Amerikanischen
von Hannelore Neves

Carl Hanser Verlag

Titel der Originalausgabe
»Reaches of Heaven«. A Story of the Baal Shem Tov

Farrar, Straus & Giroux, New York

ISBN 3-446-13532-4

Umschlag: Klaus Detjen
Satz: LibroSatz, Kriftel
Druck und Bindung: May & Co., Nachf., Darmstadt
Printed in Germany

Dieses kurze Buch erhebt keinesfalls den Anspruch, eine Biographie von Rabbi Israel Baalschem Tow zu sein. Über sein Leben ist so wenig bekannt, daß eine Lebensgeschichte nicht möglich ist. Es handelt sich hier um nichts anderes als die Impressionen oder Phantasiebilder des Autors von Rabbi Israels Art zu denken, seinen Gefühlen, seinen spirituellen Triumphen und Enttäuschungen. Die wenigen »Wunder«, die hier erzählt werden, sind alle unsicher und ließen sich leicht auch psychologisch erklären. Ich sehe Rabbi Israel als einen Mann mit tiefem Glauben an Gott, aber voller Zweifel am Menschen und seiner Fähigkeit zur Vollkommenheit. Er war, wie alle großen religiösen Denker, ein Einsamer, einfach und kompliziert zugleich, zutiefst erfüllt von den göttlichen Mächten, aber bedrückt von den Leiden der Menschen, von ihrem bitteren Ringen, und oft auch von ihrer Kleinmütigkeit.
Der Baalschem Tow hat keine Bücher geschrieben, und was in seinem Namen gesagt oder gelehrt wird, ist oft von zweifelhaftem Wert. Dafür jedoch kommt sein Geist in den Werken und Erzählungen seines Urenkels, Rabbi Nachman von Bratslaw, einem der größten religiösen Denker aller Zeiten, zum Ausdruck.

I. B. S.

Die Gefilde des Himmels

I

Das Dorf Okop an der Grenze von Wolhynien war klein und alt. Einige Jahrzehnte lang hatte es unter türkischer Herrschaft gestanden, dann wurde es von den Polen besetzt. Zu der Zeit, als die Polen nach Okop kamen, hatte sowohl das türkische wie auch das polnische Reich seine frühere Bedeutung verloren. Die Türken hatten ihre Macht in endlosen Kriegen verzettelt. Polen war am Zerfallen, weil jeder kleine Edelmann wie ein König auf seinem Gut herrschte, oft mit seiner eigenen Armee und mit eigenen Gesetzen.

Die Juden hatten seit etwa 1700 Jahren in der Diaspora gelebt, waren von Land zu Land gezogen und hatten Gott weiß wie viele Sprachen gesprochen. Aber sie hatten weder ihr Heiliges Land vergessen, noch ihren Gott, noch auch ihre heiligen Bücher. Diese Welt war in ihren Augen nichts als ein schmaler Gang – ein Ghetto, das zu den Wohnungen des Paradieses und zu den Tagen des Messias führte. Der Sinn des Lebens lag in der Tora und in guten Werken.

Zur Zeit der polnischen Machtübernahme befand sich unter den Einwohnern von Okop ein gottesfürchtiger Jude namens Elieser, den die Türken viele Jahre lang gefangen gehalten hatten. Reb Elieser war ein bekannter Gelehrter und Kabbalist. Es heißt, daß ein heiliger Mann Reb Elieser einmal verkündet habe, seine Frau würde ihm einen Sohn gebären, der das Licht der Vertriebenen sein sollte. Reb Eliesers Sohn kam im Jahr 1700 zur Welt und erhielt den Namen Israel. Er hatte weiße Haut, blaue Augen und blondes Haar. Israel wurde bald Waise, denn sowohl Reb Elieser wie auch seine Frau starben in jungen Jahren. Nach dem Tod seiner Eltern schlief der Knabe in einem Waisenhaus und »aß Tage«, das bedeutete, daß er seine Mahlzeiten an jedem Tag der Woche in einem anderen Haus bekam.

Die jüdische Gemeinde von Okop ließ – genau wie die aller anderen Städte und Dörfer mit einer größeren jüdischen Bevölkerung – ihre Waisen nicht etwa ohne Erziehung aufwachsen. Der junge Israel wurde in einen Cheder geschickt, wo er hebräisch lesen lernte, den Pentateuch mit dem Raschi-Kommentar studierte und bald auch anfing, die Gemara zu studieren. Es stellte sich schnell heraus, daß er einen Verstand besaß, der vorzüglich zum Studium taugte.

Im Cheder machte sich Israel einen Namen als Geschichtenerzähler. Einige Geschichten hatte er von anderen gehört – von alten Männern, alten Frauen, herumziehenden Bettlern –, andere erfand er selbst. Die Geschichten handelten von Kabbalisten, die Wein aus einer Wand zapfen und durch die Macht heiliger Namen lebendige Tauben erschaffen konnten; von Engeln, die den Mystikern erschienen und ihnen die Geheimnisse der Kabbala enthüllten; wie auch von wüsten Edelleuten, Dämonen, Waldgeistern und Kobolden. Die Mächte des Guten und die Mächte des Bösen lagen ewig miteinander im Krieg. Auf der einen Seite standen Gott, die Engel, die gottesfürchtigen Juden, die Tora und die unendlichen Welten, die das Erbe der Diener Gottes waren; auf der anderen Seite Satan, Asmodäus, Lilit, Naama, Machlat, sowie eine Unzahl von Heiden, Mördern, Wüstlingen, Huren, deren Ziel es war, das Licht Gottes auszulöschen und auf ewig die Herrschaft des Bösen zu errichten. Auf Kain, Bileam, Pharao, den König von Ägypten, Amalek, den bösen Haman, den Hetman Bogdan Chmielnicki folgte eine lange Kette von Mord, Unzucht, Besudelung, Götzenanbetung. Es ließ sich nicht leugnen, daß der Böse auch eine ganze Reihe von Juden dazu verlockt hatte, die

nächste Welt gegen die zweifelhaften Vergnügungen dieser Welt vertauschen zu wollen – Juden wie Jerobeam, den Sohn des Nebat; Elischa, den Sohn des Abihu; und den falschen Messias Sabbatai Zwi.
Sabbatai Zwi, der nur etwa hundert Jahre vor der Geburt des Knaben Israel gelebt hatte, versprach den Juden, ihnen die Erlösung zu bringen, doch als ihn der Sultan in einer Festung einsperrte, setzte er sich den Fez eines Mohammedaners auf und verleugnete seinen Glauben. Einige wenige Anhänger Sabbatai Zwis lebten noch jetzt in türkischen Landen, man nannte sie Doenmeh. Jeden Freitag gingen sie hinaus auf die Felder und warteten, daß Sabbatai Zwi auf einem Esel vom Himmel herabgeritten käme und das Ende aller Tage brächte. Sie glaubten, daß nicht Sabbatai Zwi selbst konvertiert wäre, sondern nur sein Schatten. Der wirkliche Sabbatai Zwi war in eine himmlische Wohnung, genannt das Vogelnest, aufgefahren, und weilte dort zusammen mit Engeln und Seraphim wie Metatron – dem Herrn des Gesichts –, Sandalfon und Gabriel. Auch unter den Juden in Polen, Böhmen, Deutschland und anderen Ländern gab es heimliche Propheten des Sabbatai Zwi. Sie predigten ihren Schülern, daß der Messias erst dann zu den Juden käme, wenn die ganze

Generation schuldig geworden, im Laster versunken wäre. Nicht gute Werke, sondern Vergehen und Schandtaten würden die Erlösung bringen. Einige dieser satanischen Führer schrieben heimlich Talismane mit den Namen von Sabbatai Zwi und seinen Schülern, Nathan von Gaza und Samuel Primo, wie auch mit Namen von Teufeln, Vampiren und bösen Geistern aller Arten. Sie behaupteten, daß Gott und Satan sich irgendwann einmal verbinden mußten, weil sie in Wirklichkeit beide ein und dasselbe seien.

Das Wunderkind Israel aus dem Dorf Okop betrachtete diese Dinge in seinem Herzen, und beschloß bald, sich auf die Seite der heiligen Mächte zu stellen, die den wahren Messias bringen mußten.

II

Die Buben im Cheder spielten alle Arten von Spielen: Verstecken, Anschlagspiel, Ziege und Wolf; an Chanukka war es Dreidelspiel und sogar Kartenspiel. Aber der junge Israel, oder Srulik, wie seine Freunde ihn nannten, hatte nichts übrig für Spiele. Seine Gedanken waren die eines Erwachsenen. Heimlich studierte er philosophische Traktate und Bände der Kabbala. Ihm war sehr wohl bewußt, daß sonst niemand es wagte, vor seinem dreißigsten Jahr die Kabbala zu studieren, denn dies konnte zu Häresie oder sogar Wahnsinn führen; doch so lange konnte er nicht warten.

Zahllose Fragen bestürmten sein Hirn, auf die er unbedingt Antworten finden mußte. Im Credo, das er jeden Wochentag nach dem Morgengebet sagte, hieß es, Gott habe seit jeher existiert, und Er sei nicht fleischlich und könne daher von jenen, die im Fleische dachten, nicht erkannt werden. Aber wie war es möglich, seit jeher zu existieren? Wie konnte es ein Wesen geben, das keinen Anfang hatte? Was hatte Gott die ganze Zeit über, bevor Er die Welt erschaffen hatte, getan?

In der Genesis steht geschrieben, daß Gott mit der Macht Seines Wortes Himmel und Erde geschaffen hat, die Ozeane, die Sonne, den Mond, die Sterne, alle Tiere und Adam und Eva. Doch wie konnte ein Wort einen Menschen schaffen, einen Löwen, einen Fluß, einen Stein? Und wenn Gott allmächtig war, warum gestattete er es dann, daß die Götzenanbeter in allen Ländern herrschten, und ließ die Juden, jenes Volk, das er auserwählt hatte vor allen Völkern, schon fast zwei Jahrtausende lang in der Diaspora leiden? Zugegeben, die Juden hatten gesündigt, und Gott strafte sie dafür, aber hatten die Nichtjuden nicht noch viel ärger gesündigt? Srulik hatte viele Geschichten über die Zeit des Bogdan Chmielnicki gehört, und über die Greueltaten, die die Kosaken an heiligmäßigen Juden, an frommen Jüdinnen und unschuldigen Kindern verübt hatten. Wie konnte ein barmherziger Gott solche Grausamkeiten mitansehen und stumm bleiben?

Je älter Srulik wurde, und je mehr er nachdachte, umso klarer wurde es ihm, daß er weder in der Bibel, noch im Talmud, noch auch in den Folianten der Philosophen vollständige Antworten finden konnte – im *Führer der Verwirrten* etwa, oder im *Kusari*, oder im *Buch der Meinungen und Glaubenslehren*. Nur die

Kabbala befaßte sich mit den Geheimnissen von Himmel und Erde. Allerdings war es gefährlich, diese Bände zu erforschen, solange man noch jung war; aber der Knabe aus Okop war bereit, Körper und Seele aufs Spiel zu setzen, nur um Antworten auf seine Fragen zu finden.

Auf dem Dachboden über dem Studierhaus in Okop ruhten alte heilige Bücher mit vergilbten Seiten, in hölzerne Deckel gebunden, oder ganz ohne Deckel, und mit Staub bedeckt. Israel hatte sagen gehört, daß ein paar Generationen früher ein böser Herrscher ein Gebot erlassen hatte, alle religiösen Bücher zu verbrennen, und daß die Juden sie daher oben auf dem Dachboden versteckt hatten. Im Lauf der Jahre waren die meisten Bücher von Motten zerfressen worden, viele auch vom Regen aufgeweicht, der durch das löchrige Dach troff. Der Rabbi, der damals den Vorsitz führte, hatte entschieden, daß die beschädigten Bücher ungestört liegen bleiben sollten, und die Gemeinde neue anzuschaffen hätte, da junge Burschen, die aus verstaubten und verstümmelten Büchern lernten, die Lust am Studieren verlören. Die älteren Leute andererseits hatten kein so scharfes Auge mehr und würden womöglich, Gott bewahre, noch blind werden, wenn sie versuchen sollten, modrige

Bände mit halb verwischten Buchstaben zu entziffern.
Israel hatte aber auch noch eine andere Erklärung dafür gehört, warum man die Bücher auf dem Dachboden liegen ließ. Zu den Zeiten des falschen Messias Sabbatai Zwi hatten sich auch die Juden von Okop von seinen Lehren in die Irre leiten lassen. Einige örtliche Gelehrte hatten Hymnen auf Sabbatai Zwi an die Ränder der heiligen Bücher geschrieben; andere hatten versucht, die Texte zu verändern, und hatten Stellen, die mit ihrem Glauben nicht übereinstimmten, einfach herausgeschnitten. Nach dem Ende des Sabbatai-Zwi-Alptraums wollten die Juden nicht, daß die jüngere Generation aus Büchern studiere, die von den Anhängern des falschen Messias entweiht worden waren.
Srulik jedoch ließ sich von allen diesen Gefahren nicht abschrecken. Er hatte oben auf dem Dachboden Bände der Kabbala gefunden, wie das *Buch der Schöpfung*, den *Granatapfelgarten* von Rabbi Mose Cordovero, den *Baum des Lebens* von Rabbi Isaak Luria, wie auch Kabbala-Manuskripte, die nie gedruckt worden waren und nur handschriftlich vorlagen. Srulik war zu jung, um die verschiedenen Versionen der Kabbala zu verstehen, aber er begriff den Kern – daß die Welt ein Teil Gottes

war. Gottes Licht war in jedem Felsen verborgen, jeder Kreatur, und jeder Pflanze. Selbst die Bauern auf dem Marktplatz und die Betrunkenen in den Tavernen waren aus göttlicher Substanz geschaffen.

Stufenweise, im Verlauf von Emanationen, wurde aus Verborgenheit und Offenbarung, aus dem umhüllenden Licht und Schatten der Geist zur Materie. Der Kabbala zufolge war die Welt der Taten, unsere Erde, die niedrigste aller Welten, die Gott geschaffen hatte. Hier unten auf der Erde wurde das Licht in Stein, Knochen, Berge und Täler verwandelt.

Man kann sagen, daß die Erde eine Maske Gottes ist, die in vielen widersprüchlichen Formen erscheint – Gut und Böse, fein und grob, lebendig und tot, dauernd und vergänglich. Doch hinter dieser Decke der Vielfalt ist Gottes Einheit verborgen. Der Felsblock und die Seifenblase sind ein und dasselbe. Dummheit ist nur verkrüppelte Weisheit. Die Toten sind nicht tot, die Abgeschiedenen sind nicht verschwunden. Gott lebt, und alles, was von ihm kommt, ist lebendig. Dunkelheit ist nur getrübtes Licht. Das Unrecht ist eine verkleidete Gnade.

Warum hat Gott es nötig, sich derart zu verbergen? fragt die Kabbala. Und ihre Antwort ist: Gott beschenkte die Menschen auf der

Erde – diese niedrigste und dunkelste aller Welten – mit einer Gabe, die keine andere Welt erhalten konnte: dem freien Willen, der Freiheit, zwischen Gut und Böse zu wählen. In den höheren Sphären ist Gottes Licht zu strahlend, um Zweifel und Irrtum aufkommen zu lassen. Die Engel, Seraphim, Cherubim und Arielim, lieben alle Gott, erkennen seine Weisheit, seine Schönheit, seine Güte. Dort oben kann es keine Diebe, Mörder, Lügner, Unzucht Treibende geben. Zwar gibt es auch in diesen höheren Welten verschiedene Stufen der Spiritualität, aber selbst noch der geringste unter ihnen sehnt sich danach, Gott zu dienen, Seinen Glanz zu empfinden. Nur hier unten auf der Erde hat Satan beinahe so viel Macht wie Gott, und manchmal hat er sogar mehr. Hier unten muß der Mensch ständig zwischen Recht und Unrecht wählen, zwischen dem Pfad, der zu den Sphären der Erhöhung, und dem, der zur Unterwelt führt.
In bestimmtem Sinne ist der Mensch sein eigener Herr und Meister. So lange er atmet, kann er entweder aufbauen oder zerstören. In der Kette der Schöpfung ist der Mensch das schwächste Glied. Wenn der Mensch sich selbst geistig erhebt, Gutes tut, den anderen hilft, dann kann er die gesamte Schöpfungskette stärken. Wenn er dagegen sein eigenes

Glied schwächt und besudelt, dann gefährdet er Gottes göttlichen Plan.
Die Kabbala-Bände, die der junge Srulik las, lieferten nicht die Antworten auf *alle* Fragen des Knaben. In späteren Jahren erkannte Israel, daß die Fragen und Zweifel des menschlichen Hirns nicht beantwortet werden können, solange die Seele noch im Körper ruht. Doch das Vertiefen in die Bücher der Kabbala erhob seinen Geist. Er, Israel, Sohn des Elieser, war nicht mehr länger eine Waise in der kleinen Stadt Okop, sondern ein Teil Gottes, ein Glied in der Kette der Weltschöpfung. Engel und hohe Geister warteten darauf, daß er sich benahm, wie Gott es befohlen hatte, um den heiligen Mächten dabei zu helfen, die Kräfte der Verderbnis zu besiegen, und so die Erlösung zu beschleunigen.

III

Die Zeit flog. Heute war Srulik ein Knabe, und dann, fast über Nacht, war er ein junger Mann. Durchdrungen von Gottesfurcht, verließ er den Cheder und ging in die Jeschiwa, um sein Leben der Gelehrsamkeit zu weihen. Die meisten jungen Männer hasteten durch ihre Gebete, doch Israel betete langsam. Manche Gebete sang er auch, zu Melodien, die er selbst komponierte.

Obwohl er nicht mehr war als ein armer Jüngling, der für seinen Unterhalt immer noch von der Mildtätigkeit der anderen abhing, war er bei den Einwohnern seiner Stadt sehr geachtet. Sein Gesicht war auffallend rein, und seine Augen spiegelten die Freude eines, der im Wissen Befriedigung gefunden hat.

Der Jüngling entwickelte eine Lebensweise, die zu seiner meditativen Veranlagung paßte. Er ging zeitig zu Bett und stand mit der Sonne auf. Im Sommer machte er lange Spaziergänge durch die Felder und Wälder rund um Okop. Er bekam nie genug davon, die Sonne jeden Morgen frisch und neu aufsteigen zu sehen, rein gewaschen im himmlischen Ozean.

Er lauschte dem Zwitschern der Vögel. Selbst das Muhen der Kühe und das Wiehern der Pferde erhob seinen Geist. Da die Welt göttlich war, konnte er Gott in jedem Baum finden, in jeder Blume, jedem Grashalm, jedem Schmetterling. Die Welt genoß es, eine Welt zu sein. Wie konnte die Erde tot sein, wenn sie doch Leben gebar?

Ein Bach lief durch den Wald von Okop, und Israel stieg gern hinein, bevor er seine Gebetsriemen anlegte und seine Morgengebete sagte. Nachher aß er voll Genuß die Scheibe Brot, die er als Frühstück mitgebracht hatte. Manche Jeschiwa-Studenten beeilten sich mit ihren Mahlzeiten, schlangen das Essen ungekaut hinunter. Und dann beklagten sie sich, daß die Gerichte, die ihnen aufgetragen wurden, nach nichts schmeckten. Aber daran war nur ihre Hast schuld. Wer daran glaubt, daß Gott jeden Roggenhalm und jeden Wassertropfen geschaffen hat, der spürt in allem, was er ißt und trinkt, den Geschmack des Paradieses.

An Dienstagen aß Israel immer im Haus eines ehemals reichen Mannes, Reb Schlomo Tereschpoler. Reb Schlomo hatte einem Edelmann ein Gasthaus geführt, diese Pacht aber an einen jüdischen Mitbewerber verloren. Als Israel hörte, daß ein anderer Reb Schlomos

Herberge an sich gerissen hatte, war er ganz überwältigt von Schmerz, denn Reb Schlomo war ein ehrlicher, mildtätiger und gelehrter Mann. Israel dachte, daß er jetzt aufhören sollte, in Reb Schlomos Haus zu essen, denn er nahm nicht gern von einem Armen. Er vertraute seine Bedenken dem Haupt der Jeschiwa an, der ihm jedoch davon abriet, da dies eine Demütigung für Reb Schlomo wäre. Israel war dankbar für diesen Rat, denn er liebte die Mitglieder von Reb Schlomos Haushalt, seine Sammlung von Büchern, und die Freundlichkeit, mit der seine Familie ihn aufnahm. Reb Schlomo hatte einen großen, dunkelhaarigen Sohn, Abraham Gerschon. Abraham Gerschon und Israel waren enge Freunde. Die Knaben hatten zusammen im Cheder studiert und später die gleiche Jeschiwa besucht. Reb Schlomo hatte auch eine jüngere Tochter, Ittele. Israel war oft so in seine Unterhaltung mit Abraham Gerschon versunken, daß er vergaß zu essen, und dann mahnte ihn Ittele immer, daß seine Grütze kalt würde.

Obwohl damals die Leute in den jüdischen Städten jung heirateten, und Ittele schon fünfzehn war, war sie noch nicht verlobt. Der Grund dafür war, daß Reb Schlomo nicht mehr genügend Geld für ihre Mitgift hatte, und ebensowenig konnte er dem Bräutigam

die üblichen Geschenke machen oder die Hochzeit ausrichten.
Es war Israel nicht entgangen – obwohl ein junger Mann eigentlich kein Mädchen ansehen durfte –, daß Ittele eine stille, bescheidene und schöne Jungfrau war. Sie hatte schwarzes Haar und schwarze Augen, und er fand, daß sie Sulamit aus dem Lied der Lieder ähnelte. Zwar symbolisiert nach der Auslegung der Gemara und des Midrasch Sulamit die Kinder Israels, und ihre Liebe war die Liebe der Gemeinde Israels zu Gott. Allerdings kann man nicht leugnen, daß auch die einfachste Erklärung Gültigkeit hat.
Der Böse Geist, geschaffen, um die Juden auf alle nur möglichen Arten zu versuchen, gab Israel nur wenig Ruhe. Er quälte ihn mit den Begierden des Fleisches. Manchmal, wenn Israel durch die Felder schlenderte, hörte er den Gesang der Bäuerinnen. Okop lag nicht weit von den Karpaten, und das Jodeln der nichtjüdischen Frauen und Schäfer widerhallte in den Bergen und weckte in Israel eine Sehnsucht, die nicht aus einer reinen Quelle stammen konnte. Eines Tages, als Israel eben in den Waldbach stieg, tauchte aus den Büschen am Ufer ein nacktes Weib auf. Bevor der Jüngling überhaupt begriff, was er da sah, hatte er ein berückendes weibliches Gesicht erblickt, gelöstes Haar und freie Brüste. Israel fing an,

fortzulaufen. In dem seichten Wasser stolperte er über Steine und Baumwurzeln. Fast wäre er gestürzt, beinahe ertrunken. Im Laufen hörte er die Frau zügellos lachen. Dann hörte er hinter sich Plantschen, als würde ihm die Waldfrau nachschwimmen. Als Israel endlich aus dem Bach stieg, waren seine Kleider verschwunden. Hatte das Weib sie genommen? Er dachte an die Geschichte von Joseph und Potiphars Frau im Pentateuch. Israel fing an, zu Gott zu beten, er möge ihn vor Versuchung bewahren. Er schloß die Augen, während er seine Gebete murmelte, und als er sie wieder öffnete, sah er seine Kleider. Das nackte Weib war verschwunden, und Israel war überzeugt, daß sie kein Mensch gewesen war, sondern einer jener Dämonen, die Satan ausschickt, um Jeschiwa-Studenten ins Netz des Ehebruchs zu verstricken.

Oft dachte Israel gegen seinen Willen an Ittele. Manchmal überfielen ihn die Gedanken an sie beim Gebet oder beim Studium. In seiner Vorstellung sah er sich mit ihr verlobt, sah sich mit ihr unter dem Traubaldachin stehen, Kinder mit ihr haben. Manchmal gingen diese Phantasien sogar noch weiter. Israel lehnte sich dagegen auf. Warum sich den Eitelkeiten des Fleisches hingeben, wenn man doch den Schöpfer betrachten konnte, Ihn lie-

ben, sich in Ihn versenken? Doch soviel Israel sich auch bemühte, solche Gedanken zu verscheuchen, sie kamen immer wieder zurück. Zugleich hatte Israel Angst, daß die Heiratsvermittler und die Gemeindeältesten, die immer für ihn gesorgt hatten, ihn zwingen könnten, sich mit einem anderen Mädchen zu verloben, vielleicht der Tochter irgend eines rohen Menschen, der es sich leisten konnte, mit einer großen Mitgift und teuren Hochzeitsgeschenken einen Schwiegersohn zu kaufen.
Andererseits wußte Israel, daß alles in Übereinstimmung mit dem Diktat des Himmels geschah. Vierzig Tage vor der Geburt eines Kindes wird im Himmel verkündet: »Die Tochter dieses Mannes soll den Sohn dieses Mannes ehelichen . . .«
Das, was Israel befürchtet hatte, geschah. Die Heiratsvermittler bedrängten ihn mit Angeboten. Einer der Gemeindeältesten, übrigens derselbe, der Reb Schlomos Herberge erworben hatte, trug Israel seine Tochter an. Er versprach ihm eine Mitgift von sechshundert Gulden und zehn Jahre freie Unterkunft, sowie eine goldene Uhr, fünf Bände des Pentateuch, eine Ausgabe der Mischna, eine Ausgabe des Talmud, in Leder gebunden, einen pelzbesetzten Hut für den Sabbath, und zwei Mäntel, einen für den Sommer und einen für den Winter.

Israel wußte genau, daß er nicht in der Lage war, sich dem Willen der Gemeindeältesten, die ihn aufgezogen und bekleidet und beschuht, und seine Erziehung bezahlt hatten, zu widersetzen. Aber obwohl ihm klar war, daß alles vorbestimmt ist, betete er dennoch in seinem Inneren darum, mit der verlobt zu werden, nach der sein Herz sich sehnte. Manchmal können Gebete einen göttlichen Richtspruch aufheben.

Als Israel eines Tages über seinen Talmud-Band gebeugt im Studierhaus saß, ging die Tür auf und ließ einen Mann im Gewand eines Bauern herein. Er trug einen kurzen Kaftan, grobe Stiefel aus Kuhhaut und trotz der Hitze eine Mütze aus Schaffell. In einer Hand hielt er eine Peitsche; in der anderen einen Sack. Sein Gesicht war von der Sonne gebräunt. Er schritt zu dem Pult, an dem Israel saß, und fragte mit einer lauten ländlichen Stimme: »Bist du der Student Israel, Sohn des Elieser, die Waise?«

»Der bin ich.«

»Ich bin aus dem Dorf Grabica. Ich lebe dort allein, eine jüdische Familie unter zweihundert Bauern. Ich habe drei Töchter und zwei Söhne, einer ist elf, der andere zwölf. Ich hatte einen Lehrer für die Jungen, aber er verließ mich mitten im Schuljahr und ging nach

Hause. Anscheinend hielt er es nicht ohne seine Frau aus. Der älteste Junge soll in einem Jahr ein Bar-Miz'wa werden, und ich möchte, daß er den wöchentlichen Abschnitt aus der Tora lernt, und alles andere auch. Ich habe gehört, daß du geschickt im Studieren bist, und daher . . .«

Haskell, der Landjude, schlug Israel Nahrung und Unterkunft vor, und pro Schuljahr vier Gulden. Damit würde Israel zum ersten Mal, seit er verwaist war, sein eigenes Brot verdienen, und er nahm schnell an. Sein Hauptgrund war allerdings der, daß ihn in dem Dorf Grabica die Heiratsvermittler zufrieden lassen würden, und so konnte er vermeiden, sich mit irgend einem anderen Mädchen verloben zu lassen als mit Ittele. Der Landjude hatte offenbar damit gerechnet, daß der junge Student wegen der Bezahlung mit ihm feilschen, oder sich nach dem Essen erkundigen würde, das er bekommen sollte, doch es war nicht Israels Art, sich mit solchen Nebensächlichkeiten zu befassen.

Nur eines machte Israel unruhig: vielleicht war das ganze Angebot ein Werk des Teufels? Schon vor einiger Zeit hatte Israel erkannt, daß der Böse Geist niemanden je in Ruhe läßt. Er findet immer neue Wege, die Schwachen in die Fallen von Leidenschaft, Melancholie oder

Häresie zu locken. Tag und Nacht lauert er dem Menschen auf. Wenn er einen Menschen bei Tag nicht dazu bringen kann, zu sündigen, dann sendet er ihm des Nachts sündige Träume, die ihm das Hirn mit fleischlicher Lust besudeln.

Israel ging zum Rabbi, der das Haupt der Jeschiwa war, um ihm zu sagen, daß er fortginge, um ein Lehrer zu werden; aber der Rabbi versuchte, es ihm auszureden. In einem Dorf gäbe es nicht genug heilige Bücher, um die jüdischen Studien ordentlich weiterzuführen; noch könne er dort in einem Quorum, einem Minjan beten, warf der Rabbi ein. »Bleib lieber in der Stadt und verlobe dich«, sagte der Rabbi. »Ich höre, man hat dir einige gewinnbringende Verbindungen angetragen. Die Zeit in einem Dorf zu verschwenden, das paßt nicht für einen Menschen von deinem Ansehen.« Aber irgendwie konnte Israel diesem Rate nicht folgen. Nach vielem Nachdenken ging er zu Reb Schlomo, um sich zu verabschieden. Ittele öffnete Israel die Tür und sagte ihm, daß Reb Schlomo nicht zu Hause sei. Israel war es nicht gewöhnt, mit Mädchen zu sprechen. In den Tagen, als er seine Mahlzeiten hier eingenommen hatte, hatte Ittele ihn manchmal ermahnt, doch zu essen, während es noch warm war, oder hatte ihn gefragt, ob das Essen ihm schmeckte. Dann hatte Israel immer den Blick gesenkt und gemurmelt: »Ja, ich danke dir. Es ist gleich.« Er wußte noch gut, was die Moralbücher sagten: Ein Weib ansehen und mit ihr sprechen, das führte zu eitlem Gerede, und das ist nur einen Schritt von der Unzucht entfernt. Gut, aber jetzt mußte er mit Ittele sprechen, und ihr sagen, sie solle keine Mahlzeiten für ihn mehr bereiten, da er fortginge, um Lehrer in Grabica zu werden. Israel bat sie, ihren Eltern seinen Dank zu übermitteln. Eigentlich hätte er auch ihr danken sollen, dafür, daß sie ihn immer bei Tisch bedient hatte. Ittele hatte mehrere Male erwähnt, daß sie es war, die für ihn kochte, und für sein Essen einkaufen ging. Ittele und ihre Mutter wuschen sogar seine Wäsche und stopften seine Socken. Aber Israel war so schüchtern, daß ihm die Worte in der Kehle stecken blieben.

Als Ittele ihn sagen hörte, daß er von Okop fort ginge, stieß sie so etwas wie einen Seufzer aus, und verlor offenbar vorübergehend die Sprache. Dann hörte Israel sie sagen: »Warum gehst du fort? Was wirst du ganz allein in einem solchen Weiler denn tun? Wir haben uns hier schon an dich gewöhnt. Für uns bist du wie ein Mitglied der Familie. Mama sagte einmal, daß du wie ein Sohn für sie bist. Das waren genau ihre Worte. Ich selbst bin irgendwie . . .« Ittele hielt mitten im Satz inne. Sie errötete über und über, und obwohl Israel wegsah, bemerkte er es doch. Sie standen einander gegenüber, vor Scheu verstummt. Danach nahm Israel seinen Mut zusammen und sagte: »Ich werde nicht lange dort bleiben. Wenn Gott will, komme ich bald zurück, und . . .« Mehr konnte er nicht sagen. In diesem Moment ging die Tür auf, und Abraham Gerschon, Itteles Bruder, der mit der Tochter des Rabbis von Kitewa verlobt war, kam herein. Wie Israel studierte auch Abraham Gerschon heimlich die Kabbala. Abraham Gerschon war ein sehr begabter junger Mann, sehr belesen in Talmud und den Responsen, doch wenn es um die Kabbala ging, dann war Israel der Erfahrenere. Er hatte einen Sinn für das Verborgene, und ihm gingen Dinge auf, die Abraham Gerschon ganz verschlossen blieben. Von Zeit zu Zeit machten die beiden jungen Männer lange Spaziergänge durch Felder und Gärten, wo sie lange Stunden in Diskussionen über die höheren Sphären verbrachten. Obwohl Abraham Gerschon älter als Israel war, redete er oft so zu ihm, als wäre Israel der Rabbi, und er, Abraham Gerschon, sein Schüler.

IV

In den Monaten, die Israel in Grabica verbrachte, wurde er richtig erwachsen. Ein blonder Bart begann ihm zu sprießen. Er hatte halbe Tage und ganze Nächte, um für sich zu denken und zu lesen, denn Haskells Söhne hatten keinen Drang zum Studieren. Sie züchteten Tauben, sie trieben sich mit Nichtjuden herum, sie konnten nicht einmal richtig beten. Haskell selbst war unwissend. Aber er hatte Mitleid mit den Armen und Kranken. Fast alle die wandernden Bettler auf dem Weg nach Okop und den Städten der Umgebung kamen durch Grabica, und Haskell und seine Frau Dwosche gaben ihnen zu essen, bereiteten ihnen ein Nachtlager in der Scheune und gaben ihnen Proviant mit auf den Weg.

Auch Israel befaßte sich viel mit den Armen. Sie alle hatten Geschichten zu erzählen – Geschichten von gewalttätigen Gutsherrn, von Räubern, die an den Straßen lauerten, von Hexen, die sich in Werwölfe oder Vampire verwandelten, oder am Vorabend des Sabbath auf Besen in einsame Wälder ritten, um schwarze Messen zu zelebrieren, Glieder von

Tieren zu essen, die den lebenden Tieren ausgerissen worden waren, Blut zu trinken, und sich dem Teufel hinzugeben.

Aber auch an Geschichten über Juden war kein Mangel. Hier und dort wurden geheime Anhänger von Sabbatai Zwi entlarvt. Sie glaubten noch immer daran, daß Verderbtheit den Messias bringen würde. Manche von ihnen waren Ritualschlächter, und sie schlachteten Rind und Geflügel mit unreinen Messern, so daß die Leute unreines Fleisch essen sollten. Heimlich gaben sie Talg oder Milch in Fleischsuppen, so daß sie und ihre Familien trejfe Nahrung zu sich nahmen. Sie entweihten Gebetbücher und tilgten Buchstaben oder Worte von Mesuses und Gesetzesrollen. Es gab sogar solche Übeltäter unter ihnen, die bei ihren Frauen lagen, bevor diese sich ihren Waschungen unterzogen hatten. Außerdem hatten sie Affären mit nichtjüdischen Frauen und mit verheirateten Frauen.

Dann hörte Israel auch von einem neuen falschen Messias, einem Zauberer, der die Bekehrung zum Katholizismus predigte. In den deutschen Ländern hatten wohlhabende Juden aufgehört, Jiddisch zu sprechen, hatten sich mit der Aufklärung eingelassen, die Tora verleugnet, sich mit weltlicher Philosophie befaßt, mit Latein, und ähnlichen diesseitigen

Interessen. Ihre Frauen gingen barhäuptig herum, und in Kleidern, die ihre Arme und zum Teil auch ihre Brüste freiließen. Satan hatte anscheinend gespürt, daß das Kommen des Messias nahe war, und deshalb bemühte er sich zusammen mit seiner üblen Gesellschaft von Teufeln und Schlangen, die Erlösung zu verzögern.

Zwar bemühten sich auch die Rabbis, dieser Epidemie von Häresie und Bekehrung Einhalt zu gebieten, doch wenn Israel sich in den einsamen Nächten Rechenschaft über seine Existenz und die der jüdischen Gemeinde in Okop und an anderen Orten ablegte, dann kam er zu dem Schluß, daß selbst die Rabbis, die Hirten der Generation, in Irrtümern befangen waren, ja daß sie manchmal unwissentlich dem Bösen Geist in die Hände spielten. Sie trieben eine übertriebene Kasuistik, in ihren Kommentaren ging es nur um das Spiel des Intellekts, und um gelehrten Ehrgeiz; den einfachen und ehrlichen Juden, der sich danach sehnte, dem Allmächtigen voll Aufrichtigkeit und Begeisterung und ohne Haarspalterei zu dienen, hatten sie völlig vernachlässigt. Die Rabbis selber waren voneinander isoliert, jeder in seine eigenen Tüfteleien vertieft. Es gab viele fromme Juden, die jeden Montag und Donnerstag fasteten und noch verschiedene andere Fasttage hielten. Es gab auch Büßer, die schon wegen eines schlechten Gedankens ins Exil gingen. Es gab solche, die auf Jahre hinaus ein Schweigegelübde taten, vor lauter Angst, sie möchten nur ein Wort der Verleumdung aussprechen, und es gab solche, die sich die Augen verbanden, damit sie nur ja kein Weib ansahen und es womöglich begehrten. Doch das alles war mit der Angst vor Strafe verbunden, und Israel fand, daß der wahre Dienst an Gott Freude und Erhebung bringen sollte, nicht Niedergeschlagenheit und Angst vor der Gehenna.

Israel entnahm der Kabbala Ausdrücke wie »die Kleinmütigkeit der Gedanken« und die »Größe der Gedanken«. Wer begreift, daß die Welt ein Teil Gottes ist, Sein Licht, Seine Weisheit, Seine Gnade, der zittert nicht ewig aus Angst vor dem Nagelbett. Gott dienen ist ihm eine Freude, keine Verpflichtung, die erfüllt werden muß. Israel erkannte noch etwas: daß der gewöhnliche Mensch allein nicht imstande ist, die üblen Neigungen des Leibes zu überlisten und zu beherrschen. Er brauchte einen Führer, der ihm den Weg zeigte, der ihm Mut und Trost gab.

Israel wollte es sich selbst nicht eingestehen, aber er spürte in sich die Kraft zu einem Führer. Im Cheder hatten die Jungen ihn immer um Geschichten gebeten. Seine Mitstudenten in der Jeschiwa hatten ihm vertraut und ihm alle ihre Geheimnisse anvertraut. Haskell, seine Frau und seine drei Töchter, die schon erwachsene Mädchen waren, waren eifrig darauf bedacht, ihm zu gefallen und zu dienen. Er fragte sich oft: »Was sehen sie in mir?« und er konnte es nicht erklären. Merkwürdigerweise kamen sogar die Bauern und die Bäuerinnen des Dorfes zu ihm und baten ihn um seinen Rat und Segen. Es war ein wirkliches Rätsel.

Noch etwas anderes hatte Israel bemerkt – er konnte Gedanken lesen. Bevor noch jemand ein Wort äußerte, wußte Israel schon, was der andere sagen wollte. Israel hatte oft das Gefühl, daß er dem Gesicht eines Menschen, ja sogar seiner Stimme entnehmen konnte, ob dieser Mensch aufrichtig oder falsch war, bescheiden oder hochmütig, geizig oder freigebig, und ebenso seine Sorgen und seine Verwicklungen. Manchmal sah er Dinge im Traum, die später wahr wurden; manchmal waren es nebensächliche, ja sogar närrische Dinge. Kräfte wirkten in ihm, deren Bedeutung er nicht verstand. Der Böse Geist und der Gute Geist lieferten sich in seinem Gehirn eine Redeschlacht, und er lauschte ihren Argumenten, als wäre er ein unbeteiligter Zuhörer.

Der Böse Geist sagte oft, daß es keinen Gott gab, und selbst wenn es ihn gab, dann war er grausam zu Mensch und Tier. Gott hatte beide auf solche Art geschaffen, daß sie in ständigem Kampfe miteinander liegen mußten. Da er sowohl die Katze wie auch die Maus geschaffen hatte, warum hatte er dann der Katze den Trieb gegeben, die Maus zu töten, ja sie manchmal noch zu quälen? Wie konnte ein angeblich allgütiger Vater zusehen, wie die Kosaken den Frauen die Leiber aufschnitten und hungrige Katzen hineinnähten? Welchem Zwecke diente es, wenn zwei Böcke einander um den Besitz eines Rehs zu Tode stießen? Gott ist grausam, verkündete der Böse Geist, und wer von seiner Güte spricht, ist ein Lügner. Der Böse Geist wies auf viele Widersprüche in der Tora hin. Derselbe Gott, der sagte »Du darfst nicht töten« und »Du darfst nicht ehebrechen« und »Du darfst nicht deines Nachbarn Frau begehren«, ließ die Vergewaltigung von jungen Frauen im Krieg zu, Mord und Plünderungen. Er ordnete sogar den Tod von Kindern an. Nun, und was war mit dem Leiden der stummen Kreatur? Inwiefern konnte eine rituelle Schlachtung ein gutes Werk sein? Der Böse Geist lästerte Gott, und manchmal dauerte es lange, bis der Gute Geist die passenden Worte fand, um ihm zu antworten.

Der Gute Geist entgegnete, daß Wut und Feindschaft nur in denen möglich sind, die sich unrecht behandelt fühlen und nach Rache dürsten. Doch wie konnte der allmächtige Gott seinen eigenen Geschöpfen grollen? Wie konnten eine Mutter oder ein Vater ihr eigenes Kind quälen wollen? Wenn eine Mutter ihr Kind wäscht oder mit Salben einreibt, dann glaubt das Kind, die Mutter tue ihm etwas zuleide, während sie es doch zu seinem eigenen Wohle tut. Der Leib ist nicht der Mensch, sondern nur seine Hülle, sein Gewand, und ein Gewand hält nicht ewig. Gottes Weisheit ist jedem sichtbar, der Augen hat zu sehen. Wie wäre es möglich, daß die Weisheit aller Welten und aller Zeiten sich mit dem Bösen verbindet? Warum sollte die Göttliche Weisheit ein unschuldiges Kind quälen wollen? Wer der Weisheit des Schöpfers vertraut, der muß auch an seine Gerechtigkeit glauben.
Manchmal wurde Israel der ständigen Auseinandersetzungen müde, und die beste Arznei, die er dafür finden konnte, war ein Gang durch die Felder, Gärten und Wälder, über einen Pfad, der bis zu den Karpaten führte. Der Himmel war klar, blau und wolkenlos, er reichte ohne Schranken in endlose Höhen hinauf. Die Sonne gab gesponnenes Gold von sich. Bienen flogen von Blüte zu Blüte und

sogen den Nektar ein, den sie später in Honig verwandelten. Riesige Vögel schwangen sich in die Lüfte, schwebten auf ihren Flügeln wie Boote auf einem See und stießen Schreie aus, die das Ohr entzückten und das Herz mit einem Glauben erfüllten, der keinen Beweis brauchte. Die Luft, frisch und kühl von dem Schnee hoch oben in den Bergen, vermischte die Jahreszeiten miteinander. Manchmal konnte man am hellichten Tag den bleichen Schein des Mondes sehen, Tag und Nacht verbindend; gestern, heute und morgen. Israel dachte an die Stelle im Talmud, wo es heißt, daß jeder Grashalm einen Engel hat, der ihn bewegt, und flüstert: »Wachse!« Wenn ein Grashalm einen Engel hat, der ihm bei der Erfüllung seiner Sendung hilft, was ist dann mit dem Menschen, der Krone der Schöpfung?

Ein Bach floß durch den Wald unweit von Grabica, vielleicht derselbe, der an Okop vorbeirann. Das Wasser hier war sogar noch kühler, doch Israel stieg hinein, schwamm, und versuchte, Wasser zu treten.

Hier im Schoß der Natur war keine Grausamkeit sichtbar. Der Wald zitterte vor Gesang. Geschöpfe zirpten, pfiffen, zwitscherten, summten und brummten – jedes auf seine Art. Alles hier verkündete die Gegenwart Gottes, Seine Gnade und Seine Herrlichkeit. Oft nahm Israel ein oder auch mehrere Bücher auf seine langen Spaziergänge mit. Dann setzte er sich auf den Stumpf eines gefällten Baumes und las über den Unendlichen, dessen Licht die Ewigkeit füllte; über Gottes Bedürfnis, eine Welt zu erschaffen, wo seine Attribute sich enthüllten; über die Welt der Emanation; über die zehn Sefiroth; über die göttlichen Funken, die beim Prozeß der göttlichen Enthüllung in den Abgrund des Großen Weibes gefallen waren, und daß nur ein Heiliger sie herausholen konnte, mit der Kraft hoher Gedanken, tugendhafter Werke und heiliger Namen, derart die Erlösung beschleunigend und Feindschaft, Neid und Angst vertreibend. Die ganze Welt, alle Welten warteten auf den Heiligen, der sie erlösen würde.

Manchmal, wenn Israel mit der Familie beim Abendessen saß, erzählten Haskell, Haskells Frau Dwosche, und ihre älteste Tochter Beile-Basche Geschichten, und Israel hörte zu. Im Dorf gab es eine Hexe, die die Kranken mit Kräutern heilte, mit Zaubersprüchen und durch Wachsgießen. Die alte Frau war lahm, ihre Finger verwachsen, und sie konnte keine Arbeit mehr tun, aber ein *Lantuch,* ein Geist, hackte ihr das Holz für ihr Feuer, brachte ihr das Wasser vom Brunnen, machte Feuer in ihrem Herd, und mahlte ihr Korn in der Handmühle.

Ein Dämon war in ein Dorfmädchen mit sechs Fingern an jeder Hand und sechs Zehen an jedem Fuß gefahren. Er hatte ihr Haar zu Weichselzöpfen geflochten. Wenn sie kochte, warf er den Dreifuß um, besudelte das Essen mit Teufelsdung, spuckte und schneuzte seine Nase in die Töpfe. An Sonntagen, wenn sie in der Kirche kniete, blies er ihren Bauch wie eine Trommel auf. Manchmal sprach er in Reimen von ihren Lippen, lästerte Gott und Jesus und stieß üble Zoten aus. Das Mädchen, eine Vollwaise, hatte eine alte Mähre, und der Dämon quälte auch dieses Tier, flocht Zöpfe in seinen Schwanz und ritt es die ganze Nacht. Nach einer Weile verendete das Pferd, und das Mädchen wurde ertrunken im Brunnen gefunden – den Kopf nach unten und die Füße nach oben.

Haskell erzählte, wie er einmal eines Abends vor Rosch Haschana, als die Juden ihre Bußgebete sagten und er selber, Haskell, sich fertig machte, um über die Feiertage in die Stadt zu kutschieren, noch spät nachts herauskam, um ein Pferd zu tränken, das draußen auf der Weide gegrast hatte. Haskell hatte den Eimer hingestellt, damit das Pferd draus trinken konnte, als er plötzlich zum Himmel aufblickte. Was er dort sah, erstaunte ihn so, daß er wie am Boden festgewurzelt blieb. Oben am

Himmel schwebte ein Schiff, aus Licht geformt, und die Segel genauso. Haskell dachte, er träume, und zwickte sich in die Wange. Doch es war kein Traum. Das himmlische Schiff schwebte anscheinend sehr schnell, denn in wenigen Minuten hatte es den Rand des Horizonts erreicht und war verschwunden.

Haskell sagte: »Ich weiß bis heute nicht, was das war. Wie kann ein Schiff am Himmel schweben? Und warum war es aus Licht gemacht? Vielleicht weißt du es, Israel? Schließlich studierst du die heiligen Bücher. Wird dort so ein Ding beschrieben?«

»Die Welt ist voll verwirrender Geheimnisse.«

»Waren das Engel oder Dämonen?« fragte Haskell.

»Dämonen nicht«, erwiderte Israel.

»Vielleicht war es ein Seelenschiff?« fragte Haskell.

»Ich sage das, weil es diesen Sommer einen Choleraausbruch in Podolien gab, und ich dachte, das könnten die Seelen der kleinen Kinder sein, die bei der Epidemie starben.«

»Ich weiß es nicht, Reb Haskell, ich weiß es nicht«, sagte Israel.

In dieser Nacht schlief Israel erst im Morgengrauen ein. Haskell hatte nicht viel jüdische Bildung, doch waren ihm Dinge geoffenbart worden, die Rabbis oder Gelehrten nicht geoffenbart wurden. Israel erinnerte sich aus der Gemara daran, wie in der Zeit des Auszugs aus Ägypten eine einfache Dienerin am Roten Meer Visionen gehabt hatte, die der Prophet Ezechiel nicht sah. Manchmal wurden ganz einfachen Männern, Frauen und Kindern Dinge geoffenbart, deren Anblick den Heiligen nicht gewährt wurde.

Die Rabbis taten unrecht daran, den einfachen Juden zu verachten und die Frauen von bestimmten Bräuchen des jüdischen Lebens fernzuhalten. Gott achtete alle Juden. Die Seele eines heutigen männlichen Juden konnte – in einem früheren Leben – die einer Frau gewesen sein, und umgekehrt. Am Berg Sinai waren alle Seelen vor Gott gestanden. Kinder wurden im Himmel sicherlich geliebt. Das Judentum mußte erneuert werden, mit Liebe erfüllt, und der Freude der Erwartung. Ein Führer war nötig, der die Juden zusammenbrächte. Im Heiligen Land der alten Zeit kamen die Kinder Israels dreimal im Jahr in Jerusalem zusammen. Zwar waren wir dann aus dem Lande vertrieben worden, doch im Exil hatte die Gesetzesfurcht der Generation an die Stelle von Jerusalem zu treten und das Volk zu führen.

Gut, aber wie wurde man zum Führer eines

Geschlechts? Dazu war es nicht genug, die Tora zu studieren und gute Taten zu vollbringen. Ein Mann, der im Verborgenen lebte, konnte kein Führer werden. Es mußte eine Zeit der Enthüllung, der Mitteilung kommen. Aber wie wußte der Erwählte, daß seine Zeit gekommen war? Und wie konnte er wissen, daß er würdig war, ein Lehrer für seine Generation zu werden? Leicht konnte man den gleichen Irrtum begehen wie Sabbatai Zwi. Von der Heiligkeit zur Gotteslästerung war nur ein Schritt.

Israel hatte die Geschichte von Joseph Della Reina gehört, der versucht hatte, mit heiligen Sprüchen den Messias zu beschwören, doch Samael, der Erzfeind, hatte seine Gedanken verwirrt, und Joseph sprach schließlich die falschen Namen aus und verband die falschen Buchstaben miteinander. Es war Joseph gelungen, Satan zu zitieren, doch er gab ihm eine Prise Schnupftabak, und das war den Götzen Weihrauch gewesen. Zwei Funken unheiligen Feuers strömten aus Satans Nasenlöchern, und seine Ketten fielen von ihm ab. Später wurde derselbe Joseph von unzüchtigen Begierden befallen, und mit seinen magischen Kräften lockte er die Frau des Großwesiers in sein Bett und verunreinigte sich mit ihr. Lange Zeit empfing seine Seele nicht die Rei-

nigung, und er wanderte durch Wildnis und Wüsten, unter Dämonen und Kobolden. Als Schlangen und Drachen wurde seine Seele wiedergeboren.
Als Israel endlich einschlief, ging die Sonne schon auf, und er träumte, er wäre im Heiligen Land, auf einem Berg in der Nähe der Stadt Safad, im Zelt von Schalem. Alle waren sie dort versammelt – Rabbi Moses Alschich, Rabbi Isaak Luria, Rabbi Chaim Vital, Rabbi Joseph Caro, und andere Heilige und Kabbalisten in weißen Gewändern. Sie bereiteten sich darauf vor, den Sabbath einzuleiten. Ihre Bärte waren noch vom rituellen Tauchbad feucht, ihre Augen leuchteten vor Liebe für die Königin Sabbath, deren Heiligkeit so groß war, daß sie selbst die des Messias noch übertraf. Die Sonne am Horizont füllte den Himmel mit Purpur und Gold. Israel sah Engel, Seraphim, himmlische Wohnungen, göttliche Wagen, den Tempel in der Höhe, und das Allerheiligste.
Ein gottesfürchtiger Mann in Gebetsschal und einem weißen Leinengewand sprach zu Israel und sagte: »Mein Sohn, du und deine Taten sind hier bekannt. Wir hören auf dein Denken und dein Flehen. Du mußt noch eine Weile im Verborgenen bleiben, doch der Tag deiner Enthüllung ist nahe. Sei bereit, mein Sohn, ein

Führer zu werden unter den Juden. Fürchte dich nicht, denn deine Absichten sind rein. Heiligmäßige Seelen warten darauf, daß du ihnen den Weg zu einem erneuerten Judentum zeigst. Die Patriarchen, die Propheten, die Männer der Großen Synagoge, Tannaiten und Amoräer, Geonim und die ganze himmlische Familie dienender Engel warten darauf, daß du wieder ins Lot bringst, was andere verdorben haben.«

Zitternd erwachte Israel. Träume werden meistens vergessen. Er aber erinnerte sich an diesen Traum in allen seinen Einzelheiten. Wer war der alte Mann, der zu ihm gesprochen hatte? Hatte er Elias gesehen?

Israel unterzog sich seinen Waschungen und sagte seine Morgengebete. »Was habe ich getan, um eine solche Auszeichnung zu verdienen?« fragte er sich. Darauf fand er nur eine Antwort – es war eine Auszeichnung, die ihm auf Grund der Verdienste seiner Vorfahren zustand. Er stammte von Juden ab, die als Märtyrer für Gott auf dem Scheiterhaufen umgekommen waren.

Seit seiner Kindheit hatte er sich danach gesehnt, sich selbst und andere zu erheben. Jetzt war er mit einer Mischung von Furcht und Verzückung erwacht, wie es im Buch der Psalmen heißt: »Und freue dich unter Zittern«.

Er ging aufs Feld hinaus, um zu beten. Nie zuvor hatten die Worte des Gebets soviel Bedeutung besessen wie heute. Wem es vergönnt ist, sich großer Gedanken zu erfreuen, der weiß, wie beglückend es ist, den Allmächtigen zu preisen und mit ihm vereint zu sein. Schließlich kommt alles von Ihm – alle Schönheit, alles Glück. Sogar der Wurm in der Erde sonnt sich in Seiner Liebe. Aber weiß man denn überhaupt, was ein Wurm ist? Alle Weisen der Welt zusammen wären nicht imstande, einen Wurm zu erschaffen, oder eine Fliege, oder eine Made.

Israel betete, und die Halme auf den Feldern und die Bäume in den Wäldern beteten mit ihm. Die ganze Schöpfung betete zu Gott; alles, was er geschaffen hatte, bezog seine Nahrung von Ihm. Jene, die versuchten, Ihn zu verleugnen oder sich Ihm zu entfremden, litten bereits hier unten auf Erden die Qualen der Gehenna.

Als Israel an diesem Morgen wieder nach Hause kam, reichte ihm Haskell einen Brief. Haskell war nach Okop gegangen, um Salz, Sonnenblumenöl und Schmieröl zu kaufen, und dabei hatte ihm ein Dienstmädchen einen Brief für Israel gegeben, der in einer Mischung von Hebräisch und Jiddisch geschrieben war. Sein Verfasser war Reb Schlomo Tereschpo-

ler. Reb Schlomo schrieb, daß Israel ein Wunder gewirkt habe. Als Israel sich nämlich, bevor er das Dorf verließ, verabschiedet hatte, hatte er Ittele gesagt, daß er hoffe, ihr Vater werde seinen Gasthof zurückbekommen. Damals hatte Reb Schlomo sich gefragt, wie er seinen Gasthof wohl je wieder zurückbekommen könne, denn sein Konkurrent hatte ihn vom Gutsherrn bereits für eine Zeitspanne von fünf Jahren gepachtet. Doch dieser Mann hatte sich als Schwindler erwiesen, und der Gutsherr hatte den Vertrag zerrissen und den Gasthof wieder an Reb Schlomo verpachtet.
Reb Schlomo schrieb auch, daß Israel nicht nur ihm fehle, sondern der ganzen Familie. Abraham Gerschon hatte bereits die Tochter des Rabbis von Kitewa geheiratet. Jetzt war Ittele an der Reihe. Reb Schlomo erklärte, daß er, da Israel eine Waise war und keine Verwandten hatte, die mit einem Heiratsvermittler verhandeln konnten, sich über den Brauch hinwegsetzen und selber Israel eine Partie vorschlagen wolle. Falls Israel einwillige, solle er seine Stelle als Lehrer aufgeben und nach Okop zurückkehren, da Ittele schon fast siebzehn war. Sowohl die Eltern wie auch das Mädchen selber zogen ihn allen anderen Bewerbern vor.
Israel traute kaum seinen Augen. Alle seine

Wünsche gingen in Erfüllung. Doch wenn plötzlich alles gut geht für einen Menschen, dann sollte er sich über seine bisherigen Taten Rechenschaft ablegen. Oft bekommt der Sünder alle guten Dinge dieses Lebens, doch dann folgt bald darauf in der nächsten Welt die Strafe, wie es geschrieben steht im Buch der Sprüche: »Hochmut kommt vor dem Fall«.
In Israel stieg eine starke Welle der Zuneigung zu Reb Schlomo auf, seinem Sohn Abraham Gerschon, seiner Frau, und seiner Tochter Ittele – Israels Braut –, diesem lieblichen Mädchen, das ihn so viele Jahre bei Tische bedient und ihm Worte des Trostes gesagt hatte. Und jetzt sollte dieselbe Ittele seine Braut werden und – mit Gottes Hilfe – seine Frau, und ihm Kinder gebären.
Eine Weile lang bebte etwas in Israel vor Demut. Was hatte er getan, um das alles zu verdienen? Und wie würde er denn imstande sein, sich ihr zu nähern? Er sehnte sich nach ihr, aber zugleich fürchtete er sich vor ihr; Furcht erfüllte ihn vor der Vereinigung ihrer Seelen, und schreckliche Scham vor der Vereinigung ihrer Leiber.

V

Die Zeit schlich dahin, aber gleichzeitig raste sie auch. Israel hatte in einem philosophischen Traktat gelesen, daß die Zeit eine göttliche Wesenheit sei, und daher dem Verstande nicht faßbar. Doch das konnte man von allem sagen. Himmel und Erde waren wie eine riesige Ausgabe der Kabbala, erfüllt von Geheimnis über Geheimnis. Jeder Mensch und jede Kreatur war eine Seite aus dem Sohar, eine Zeile im *Buch der Schöpfung*, ein Satz aus dem *Baum des Lebens*. Sogar das Geplapper eines Kindes bedeutete etwas, enthielt Anspielungen und weise Lehren. Viele Kabbalisten hatten ausführlich über das Krähen des Hahnes geschrieben. Jedoch nichtsdestoweniger erschien ihm das Vergehen der Zeit als das größte aller Rätsel.

Den einen Augenblick schien es, als wäre Israel eben noch im Dorf Grabica gewesen und hätte die Nachricht von seiner Verlobung mit Ittele empfangen, und jetzt war schon alles vorüber – die Verlobung und die Hochzeit. Ittele war bereits die Mutter seiner Tochter Hodel, so genannt nach Itteles Großmutter.

So viele Dinge waren seit Grabica geschehen! Reb Schlomo war es zuerst mit seinem Gasthof sehr gut ergangen, und es sah aus, als würde er Israel viele Jahre lang verköstigen können, so daß dieser in Frieden die Tora studieren und Gott dem Allmächtigen dienen konnte. Doch zwei Jahre lang hintereinander gab es Mißernten und Seuchen unter dem Vieh. Pferde und Rinder erkrankten ganz plötzlich und gaben den Geist auf. Es regnete so lange nicht, daß der Bach, in dem Israel vor Jahren immer zu baden pflegte, ganz austrocknete. Vögel stürzten tot aus dem Himmel. Außerdem erfand Reb Schlomos Konkurrent, der Schwindler, eine falsche Anschuldigung gegen ihn und teilte dem Gutsherrn mit, daß Reb Schlomo ihn betrogen hätte.
Es war schwer zu glauben, daß ein Jude, der das Gesetz kannte, eine solche Niedertracht begehen konnte, doch die menschliche Gier und das Gelüst nach Rache besitzen eine schwarze Macht. Sogar Moses war vom rechten Wege abgekommen, als er vorübergehend seine Sendung vergaß. Ohne Prozeß warf der Gutsherr Reb Schlomo ins Gefängnis und ordnete an, daß man ihm dreißig Stockhiebe verpassen und fünfzig Dukaten abnehmen möge. Reb Schlomo erkrankte, aber er bekam nichts zu essen. Seine Frau, Israels Schwiegermutter,

wurde ebenfalls krank, und Ittele trug jetzt schon ihr zweites Kind.
Nun lag es an Israel, einen Lebensunterhalt zu verdienen. Aber was konnte so einer wie er denn schon tun? Er bemühte sich, wieder eine Lehrstelle zu finden, doch wegen der Mißernte und der Dürre waren in den jüdischen Städten viele Feuer ausgebrochen, und jetzt gab es viel mehr Lehrer als Schüler. So sehr Israel auch suchte, er konnte nirgends eine Stelle finden.
Er hatte den heftigen Wunsch, Juden aus anderen Märkten und Städten kennenzulernen und ihre Klagen gegen die Welt anzuhören, gegen die Rabbis, sogar gegen den Allmächtigen. Die Rabbis und die Prediger warnten die Juden ständig davor, weder laut noch auch im Geiste Gott anzuklagen, und drohten ihnen mit den sieben Kreisen der Gehenna. Doch Israel fühlte, daß das nicht immer eine so fürchterliche Sünde war. Er dachte daran, daß es im Talmud hieß, daß kein Mensch jemals für etwas bestraft wird, was er im Augenblick größten Schmerzes von sich gibt. War es doch wahr, daß auch Hiob der Heilige – auf seine Weise – seinem Groll gegen die Vorsehung Luft gemacht hatte, aber Gott hatte ihn deshalb nicht zurechtgewiesen. Eine Klage war etwas ganz anderes als eine Gottes-

lästerung. Die Rabbis in Polen neigten dazu, zu vergessen, daß der Mensch aus Fleisch und Blut ist, und daß seine Leidensfähigkeit eine Grenze hat. Die Gemara sagt, daß Hanania, Michael und Asaria Götzen angebetet hätten, wenn man sie gefoltert hätte. Israel blieb nichts anderes übrig, als auf die Wanderschaft zu gehen; er entwickelte sich zu einer Verbindung von Prediger, Ratgeber und Tröster. Außerdem schrieb er auch Amulette, und gab den Kranken Arzneien, die er im *Buch Rasiel* fand, manchmal auch in der Gemara und im Midrasch.

Die Rabbis und die meisten Prediger gingen den Frauen aus dem Wege, aus Angst, von lüsternen Gedanken heimgesucht zu werden; doch Israel empfing die Frauen und lauschte ihren von Herzen kommenden Worten. Warum zitterten die Rabbis so aus Angst vor der Gehenna? Da alles ein Teil Gottes und seines Lichtes war, war auch die Gehenna Teil seiner liebenden Güte. Israel war zu dem Schluß gekommen, daß jene, die sich vollkommen ihren Frauen verschließen, lange fasten, die ständig ihr Gewissen nach Verstößen gegen das göttliche Gesetz erforschen, die sich im Winter im Schnee wälzen und im Sommer in Disteln und Dornen – daß die nicht unbedingt besser werden. Viele von ihnen versinken in

Trübsinn oder verfallen in Selbstgefälligkeit und Hochmut.
Die Rabbis und die Prediger hielten den Juden oft vor, daß sie Branntwein tranken. Jeden, der bei einer Hochzeit oder bei einer Beschneidung ein Glas Alkohol zu sich nahm, nannten sie bereits einen Trunkenbold. Doch Israel stimmte ihnen auch in diesem Punkte nicht zu. In den Psalmen steht, daß Wein das Herz der Menschen froh macht. Der Prophet Jesajas hatte verkündet, daß die Juden bei ihrer Rückkehr aus dem Exil nach Zion Wein trinken, fröhlich sein und singen würden. Die Weisen des Talmuds sprachen davon, daß Jünglinge und Jungfrauen im Heiligen Land in den Weingärten getanzt und auf diese Weise ihre Gatten gewählt hätten. Israel fand, daß viele Sünden – wie Verleumdung, Diebstahl, Raub, Mord und Unzucht – ihre Wurzeln in der Verzweiflung hatten.
Eine Reihe von Rabbis und Verfassern von Büchern sahen das Jiddische scheel an, denn für sie war das die Sprache der Frauen und der Unwissenden. Zwar bedienten sich die Rabbis und die Gelehrten selber des Jiddischen, denn seit der Zerstörung des Tempels sprach niemand mehr hebräisch. Nur Bücher über das Recht, über Kasuistik und Moral wurden noch in einer Mischung von Hebräisch und

Aramäisch geschrieben. Jüdische Gelehrte lasen nur selten in der jiddischen Fassung des Pentateuch oder in den Geschichtenbüchern für Frauen und für das gewöhnliche Volk. Israel aber liebte die jiddische Sprache, und er las sogar in den Geschichtenbüchern.
Dem Talmud zufolge konnten die Engel nur Hebräisch, der Allmächtige dagegen verstand alle Sprachen. Die Tora war in siebzig Sprachen übersetzt. Es heißt, daß Gott, bevor er die Tora den Juden gab, sie zuerst den Abkömmlingen von Esau und Ismael angeboten hatte.
Die Frauen kamen zum jungen Israel, um ihm ihr Herz auszuschütten. Sie gebaren ihre Kinder unter Schmerzen und Lebensgefahr. Nachher kamen die Masern, die Pocken, Scharlach und Diphterie und holten die Kleinen wieder zurück. Die, die verschont blieben, mußten oft Hunger leiden. Und es geschah mehr als einmal, daß ein Mann verschwand und seine Gattin als eine auf ewig verlassene Frau zurückließ.
Das Los der Männer war nicht viel besser. Die Priester hetzten gegen die Juden und verlangten, daß man sie aus Polen vertriebe, so wie sie einst aus Spanien vertrieben worden waren. Die Mitglieder der nichtjüdischen Handwerkszünfte forderten alle möglichen Edikte

gegen die jüdischen Handwerker. Und wenn einmal ein christliches Kind verschwand, dann wurden sofort irgendwelche Juden eingekerkert und beschuldigt, das Kind ermordet zu haben, um sein Blut für ihre Mazzes zu verwenden. Oft wurden Juden aufs Rad geflochten oder auf andere Arten gefoltert, bis sie »gestanden« und darauf gehängt wurden. Es fehlte nie an Zeugen, die angeblich gesehen hatten, wie die Juden das Christenkind in einem Sack fingen und fortschleppten, um es zu schlachten.

Wie konnte ein gütiger Gott das alles geschehen lassen und stumm bleiben?

Es fiel Israel nicht leicht, solche Fragen zu beantworten. Er wies darauf hin, daß im Vergleich mit Gottes Weisheit das Hirn des Menschen weniger war als ein Tropfen Wasser in einem Ozean oder ein Sandkorn in einer Wüste. Jene Juden, die als Märtyrer gestorben waren, betraten bald nach ihrem Tod eine höhere Sphäre, neben der die Erde mit all ihren Segnungen und ihren Leiden weniger als nichts war. Er erinnerte seine Zuhörer daran, daß viele Leiden, die die Menschen durchlitten, sie einander selbst zufügten. Wie konnte der Mensch vom Allmächtigen Mitleid erwarten, wenn er selber so grausam war?

Israel versprach, daß der Messias bald kom-

men würde. Es gab viele Zeichen dafür, daß die Erlösung nahe war, und daß die Verfolgungen, unter denen die Juden litten, nichts anderes waren als die Geburtswehen, die den Messias ankündigten.
Wer zu Israel kam, um ihm sein bitteres Los zu klagen, ging immer frohen Mutes von ihm fort. Die wohlhabenderen unter seinen Besuchern hätten ihn gern mit Geschenken überschüttet, doch er erinnerte seine potentiellen Wohltäter an das, was im Buch der Sprüche geschrieben steht: »Er aber, der Geschenke hasset, wird leben.«
Israel selbst war keineswegs zufrieden mit den Antworten, die er anderen gab. Wohl war es wahr, daß ohne Leiden, ohne Belohnung und Strafe der Mensch die größte Gabe nicht genießen konnte, die Gott ihm anvertraut hatte: die freie Wahl. Doch wodurch waren die kleinen Kinder schuldig geworden? Und warum mußten die Ochsen, die Kühe, die Pferde und die anderen Tiere leiden?
Manchmal versank Israel in das, was er Kleinmütigkeit des Denkens nannte. Die Verzweiflung überwältigte ihn. Er wollte in irgendeinen fernen Wald fortlaufen, oder sogar seinem Leben ein Ende machen. Obwohl er – Gott bewahre! – kein Säufer war, trank er ein Glas Branntwein. Er rief sich wieder und wieder ins

Gedächtnis, daß alle Traurigkeit vom Bösen Geiste ausginge, und erinnerte sich an die Worte, die er von seinem Schwiegervater, Reb Schlomo Tereschpoler, gehört hatte: »Mit Stöhnen und Jammern hat noch keiner jemals ein Haus gebaut, ein Feld gepflügt oder ein Gewand genäht.« Durch Taten leistete der Mensch etwas, nicht durch melancholisches Brüten. Das galt für das Judentum genauso. Des Nachts verspürte Israel manchmal heftige Sehnsucht nach Ittele, und ebenso eine starke Begierde nach ihrem Körper. Aber mehr und mehr Männer und Frauen kamen, um seinen Worten zu lauschen, seinen Segen zu erhalten, ihm von ihren Nöten zu erzählen, und er durfte sie nicht einfach verlassen und nach Hause gehen. Wenn er auch traurig war, so fanden doch die anderen Trost in seinen Worten. Ihre Augen leuchteten auf, wenn er zu ihnen sprach. Wenn er aus einer Stadt fortging – meistens zu Fuß –, dann begleiteten ihn die Frauen und sogar auch die Kinder ein Stück des Wegs; und Jeschiwa-Studenten und junge Männer auf Kost bei ihren Schwiegervätern verließen ihre Frauen und begleiteten ihn, zu Fuß oder mit ihren Wagen.

Israel konnte das nicht begreifen. Er sprach zu allen in einfachen Worten. Was er sagte, konnte bereits ein achtjähriges Kind verste-

hen. Er wurde berühmt, ohne zu wissen warum. Viele Leute nannten ihn Israel, den Baalschem, oder den Meister des Namens. Andere fügten das Wort »Tow« hinzu, das bedeutet »gut«.
Die Prediger wurden langsam neidisch auf seine Beliebtheit, und sie beschwerten sich darüber, daß er doch nur ein einfacher Hauslehrer war, kaum besser als ein Unwissender. Andere beschuldigten ihn, den Massen zu schmeicheln und nach dem Munde zu reden. Sie nannten ihn einen Verführer und fanden, daß man ihn aus der jüdischen Gemeinde ausstoßen sollte.
Die Ereignisse überstürzten sich. Nicht nur einfache Männer und Frauen, sondern auch Rabbis und Gelehrte kamen, um ihn zu hören und mit ihm zu reden. Unter den Rabbis gab es welche, die – genau wie Israel – die Auffassung vertraten, daß das Judentum vertrocknet war, zu sehr verwickelt in den Wettstreit der Gelehrten. Und die Gelehrten selber hatten das Wesentliche verloren: die Liebe zum Judentum. Sie hatten alles an sich gerissen – diese Welt wie die nächste – und dem einfachen Juden keinen Trost übriggelassen. Die Reichen hatten über die Steuern zu bestimmen, die die Juden der polnischen Krone zahlen mußten; und oft erhoben sie hohe Steu-

ern von denen, die sie nicht zahlen konnten, während sie aber gleichzeitig sich selber und ihre Verwandten oder Partner von der Steuerpflicht befreiten.
Unter den talmudischen Gelehrten, die Israels Schüler wurden, oder Chassidim (wie man sie bald nannte), war auch sein Schwager, Reb Abraham Gerschon, der nach dem Tod seines Schwiegervaters Rabbi von Kitewa geworden war. Als Israel nach Kitewa ging, um seinen Schwager zu besuchen, wurde er nicht wie ein Wanderprediger in der Stadt empfangen, sondern wie ein berühmter Mann. Sie nannten ihn einen Zaddik – einen gerechten, frommen und tugendhaften Menschen. Angesehene Haushaltsvorstände und führende Gemeindemitglieder kamen zu Reb Abraham Gerschons Haus, um Israel willkommen zu heißen. In langen Gesprächen mit seinem Schwager erzählte ihm Israel von seinen Träumen, und Reb Abraham Gerschon war der Ansicht, daß sie Offenbarungen des Himmels wären.
Reb Abraham Gerschon fand, daß Okop kein für Israel geeigneter Ort wäre. Die Stadt war zu klein und zu weit entfernt von den jüdischen Zentren. Außerdem hatte hier jeder Israel noch als armen Jüngling gekannt. Wie sagte doch das Sprichwort? Ein Prophet gilt nichts im eigenen Lande. Reb Abraham Ger-

schon erwähnte Miedzyborz. Verglichen mit Okop war Miedzyborz eine Großstadt, mit Jeschiwas, Studierhäusern und Herbergen für Reisende. Es war sowohl Israel wie auch seinem Schwager bereits jetzt klar, daß, wo immer Reb Israel sich auch ansässig machte, sich auch seine Anhänger aus Wolhynien, aus Podolien und den ferner gelegenen Ländern ansiedeln würden.

In den zwei Wochen, die Israel in Kitewa verbrachte, wurde sein Pfad zum Judentum nicht nur ihm klar, sondern auch seinem Schwager und der ganzen Stadt. Israel betete nicht wie andere Leute, sondern er sang seine Gebete, jedes zu einer anderen Weise. Die Melodien strömten ihm geradewegs vom Haus der Lieder in die Seele. Das war nicht das Psalmodieren eines Kantors, sondern eines, dessen Seele sowohl hier unten auf Erden wie auch in anderen Welten zugleich war. Genauso hatten die Leviten im Heiligen Tempel gesungen. In seinen Gebeten führte Israel mit dem Allmächtigen eine Diskussion im Lied, gleichsam als würde er sich bei Ihm beschweren, und seine Zuhörer meinten zu hören, wie der Allmächtige ihm antwortete, sich vor Reb Israel verteidigte und ihn bat, geduldig zu sein und Ihm zu vertrauen, daß alles, was Er tat, sich zum Besten wenden würde.

Israel betete im Stil von Rabbi Isaak Luria, und er fügte auch oft die Gebetsteile des Sohar und jiddische Sprüche ein. Die Tür von Reb Abraham Gerschons Haus war niemals still. Es kamen Männer, Frauen und sogar Kinder, jedes mit seinem eigenen Anliegen. Israel hörte allen zu und bemühte sich, guten Rat zu erteilen. Recht oft machte er auch witzige Bemerkungen, die Gelächter hervorriefen.

Ein älterer Mann kam zu Reb Israel und sagte ihm, daß er, da er an der Schwelle des Todes stünde, gern vor Israel seine Sünden bekennen würde. Der alte Mann war gelb wie Wachs und stützte sich auf zwei Stöcke. Die, die mit ihm gekommen waren, hatten ihn beinahe ins Haus hinein getragen. Er war gefolgt von seinen Töchtern und Schwiegertöchtern, die laut klagten, als wären sie bereits bei seinem Begräbnis. Reb Abraham Gerschons Frau, die Rebbetzin, hatte Angst, daß der alte Mann womöglich in ihrem Hause stürbe. Doch der Baalschem sagte zu dem Alten: »Woher weißt du denn, daß du an der Schwelle des Todes stehst? Hast du mit dem Todesengel ein Übereinkommen getroffen? Bist du vor den Richter gerufen worden, und hast zugesehen, wie du aus dem Buche des Lebens gelöscht wurdest? Wie alt bist du, möge der böse Blick dich verschonen?«

»Achtzig.«
»Und das nennst du alt? In deinem Alter war Methusalem noch ein Knabe. Da machten sie ihm die ersten Heiratsangebote.«
»Rabbi, was soll ich tun?«
»Hier, nimm ein Glas Wodka, und laß uns auf das Leben trinken.«
Ein Gelächter brach aus unter der versammelten Menge. Die, die noch vor einem Augenblick geweint hatten, lachten jetzt unter ihren Tränen. Der alte Mann selber lächelte. Der Baalschem schenkte zwei Gläser Branntwein ein, eins für den Alten und eins für sich, und zum Erstaunen aller leerte der alte Mann das seine. Er kaute sogar an einem Stück Kuchen. Einem Krüppel befahl der Baalschem, seine Krücken fortzuwerfen, und darauf tanzte er mit ihm. Denen, die an Kopfweh litten, legte er seine Hand auf die Stirn, und bald verließ sie der Schmerz. Wenn der Patient eine Frau war, dann legte der Baalschem ein Taschentuch zwischen seine Hand und ihre Stirn.
Etwas Derartiges hatten weder die Leute von Kitewa noch auch die, die aus anderen Märkten und Städten gekommen waren, je gesehen. Der Baalschem selbst bemühte sich, die Wunder, die er gewirkt hatte, herunterzuspielen, doch der Ruf seiner Wunder und seiner Auffassung vom Judentum breitete sich schnell

aus. Jeder Händler, jeder Hausierer trug seinen Ruhm durch Herbergen, Jahrmärkte und Märkte. Einige von denen, die von seinen Taten gehört hatten, schöpften Verdacht, daß vielleicht ein neuer Sabbatai Zwi in Polen aufgestanden sei; andere wieder wollten sofort kommen und ihn sehen.

In Polen wimmelte es nur so von Kabbalisten, von Wundertätern, von Männern, die Weib und Kind verlassen hatten und fortgezogen waren, um ein unstetes Wanderleben voller Entbehrungen zu führen; von unfruchtbaren Frauen, die auf Wunderheilige warteten, die ihren Leib aufschließen sollten; und von Geldsammlern aus Jerusalem und aus Safad, ja sogar von Leuten, die beschworen, von den Verlorenen Stämmen Israels von der anderen Seite des Sambation zu kommen, einem Fluß, der die ganze Woche über Steine mit sich riß und nur am Sabbath ruhte. Diese Israeliten behaupteten, zu einem Volk zu gehören, das sich zweitausend Jahre lang seine Freiheit erhalten hatte, das einen König und mächtige Krieger besaß, die Heilige Sprache sprach, und von Wüsten, hohen Bergen, und jenem wunderbaren Fluße eingeschlossen war, der es vor Feinden beschirmte.

Polen hielt sich noch immer für eine Großmacht, doch die Adeligen waren in viele Parteien zersplittert; im Sejm, dem Parlament, konnten sie sich nie einig werden. Jeder Gutsherr hatte die Rechte eines Wojwoden, eines Gouverneurs. Sie führten Prozesse gegeneinander, die sich oft über Jahre hinzogen und beide Streitenden ruinierten. Jeder von ihnen hatte das Recht, gegen ein Gesetz, das seinen privaten Interessen zuwiderlief, ein Veto einzulegen. Alle sahen voraus, daß früher oder später die Russen, die Preußen und vielleicht auch die Österreicher das Land unter sich aufteilen würden. Nur ein Wunder konnte Polen noch vor der drohenden Katastrophe retten.

Von Zeit zu Zeit erreichten die wohlhabenden polnischen Juden Nachrichten aus so weit entfernten Ländern wie England, Frankreich und Italien; öfter noch hörten sie von den jüngsten Ereignissen in deutschen Landen. Eine Anzahl reicher junger Juden studierte in Padua und an anderen Universitäten Medizin, und wenn sie zurückkamen, berichteten sie von Fernrohren, mit deren Hilfe man die Berge und Täler des Mondes erblicken konnte, sowie auch neu entdeckte Planeten, Kometen und Fixsterne. Astronomen hatten Sonnen- und Mondesfinsternisse haarscharf im voraus berechnet. Die Erde war rund wie ein Ball, und innen brannte ein Feuer, das durch die Vulkane herausgespien wurde. Wenn die Sonne unterging, dann tauchte sie nicht in die Ozeane ein, sondern ging über Amerika auf. Philosophen waren aufgestanden, welche leugneten, daß die Tora vom Himmel empfangen ward, und daß das Rote Meer zur Zeit des Auszugs aus Ägypten sich geteilt hatte. Die Welt wurde von ihnen »Natur« genannt, und sie erkannten nur Tatsachen an, die durch Logik und durch die Sinne bestätigt werden konnten. Israel Baalschem hatte von diesen Ungläubigen gehört. Einer von ihnen war ein verstoßener Jude namens Baruch Spinoza, der nicht nur bestritt, daß Gott Wunder wirken konnte, sondern auch im Pentateuch und in den Worten der Propheten Widersprüche zu finden versuchte. Außerdem behauptete er, daß alles, was geschieht, durch die Naturgesetze vorherbestimmt ist, und daß Gut und Böse rein menschliche Konzepte oder Illusionen wären – auf diese Weise den freien Willen, Belohnung und Strafe, und die Existenz der Seele leugnend.

VI

Nachdem der Baalschem mit seiner Frau und den beiden Kindern, Hodel und Elieser, von Okop nach Miedzyborz gezogen war, brauchte er nicht mehr länger auf ein Zeichen für seine Enthüllung zu warten. Er hatte sich bereits zu erkennen gegeben.

In den Tagen und Nächten, da der Baalschem über seinen eigenen Weg zum jüdischen Glauben nachdachte, kam er zu dem Schluß, daß Gott dem Menschen zwar die wertvollste Gabe aus seinem reichen Schatze anvertraut hatte – den freien Willen –, daß der Mensch jedoch meistens zu schwach war, um diese Gabe richtig zu nützen. Der einfache Mensch wußte oft gar nicht, was er wählen sollte. Der Böse Geist versuchte ihm einzureden, daß eine Sünde eine gute Tat sei, und umgekehrt. Wer wirklich frei seine Wahl treffen wollte, mußte jeden Trick und jede List des Satans und alle seine schlauen Winkelzüge durchschauen. Die Juden konnten am besten dadurch Freude sammeln, daß sie zusammen beteten, zusammen studierten, zusammen aßen, tranken, sangen und tanzten, und noch besser war es, wenn sie einen Führer hatten, einen Lehrer, der ihnen den Weg zeigte. Und auch der Lehrer selbst nahm zu an Weisheit in seinem Kampf gegen den Bösen, wenn er den Leuten zuhörte und von den verschiedenen Versuchungen erfuhr, mit denen der Böse Geist jeden Einzelnen heimsuchte.

In der kurzen Zeit, die der Baalschem gewesen war, was er war, war er schon auf so viele Leidenschaften gestoßen, deren Ausmaß er bisher nicht begriffen hatte – noch wußte er, wie ihnen zu begegnen wäre. Männer mit Bärten und Peies – Väter, ja Großväter – klagten Reb Israel, daß sie oft, wenn sie beteten oder die Tora studierten, von erotischen Gedanken an lockere Weiber, an verheiratete Frauen und nackte Dirnen bedrängt würden. Dämonen, Kobolde, Dibbuks flüsterten ihnen unzüchtige Dinge ins Ohr, verfaßten schmutzige Gedichte, rissen unanständige Witze und lästerten sogar Gott.

Ein reicher Jude und Philantrop gestand, daß er seinen Partner seit Jahren betrog. Wiederholt hatte er sich geschworen, die gestohlenen Gelder zurückzugeben, war aber in seinem Betrug fortgefahren. Oft wachte er mitten in der Nacht auf, erforschte seine Seele und sagte sich zum wer weiß wievielten Male, daß er ein Verbrechen beginge; doch am nächsten Tag

tat er's wieder, gleichsam gegen seinen eigenen Willen.
Ein junger Mann bekannte dem Baalschem, daß er mehrere Male mit seiner jungen Frau geschlafen hatte, während sie menstruierte. Einer seiner Anhänger gab zu, daß er sich zur Päderastie hingezogen fühle. In seinen Träumen kopulierte er immer mit Männern, sogar mit seinen eigenen Brüdern.
Manche Chassidim waren sehr jähzornig. Sobald irgend etwas geschah, das ihnen mißfiel, oder jemand ein Wort sagte, das sie ärgerte, wurden sie wütend, und es kam sogar vor, daß sie handgreiflich wurden. Und diese üblen Gedanken und Leidenschaften bedrängten sie oft am Sabbath, an Feiertagen, sogar am Jom Kippur. Gerade während der Jude dastand und sein Sündenbekenntnis aufsagte und sich reuevoll an die Brust schlug, führte Satan ihm die Freuden des Fleisches vors innere Auge.
Viele junge Männer litten unter einer übertriebenen Furcht vor den Qualen der Gehenna, unter dem Drang, alles fallen zu lassen und bis ans Ende der Welt zu fliehen oder sich an ihren Leibbinden zu erhängen. Sie fanden einzig und allein in der Vorstellung Trost, daß es keinen Richter gibt und kein Gericht.
Ein Jüngling erzählte dem Baalschem, daß er, während er saß und studierte, es kaum erwar-

ten konnte, die Kirchenglocken läuten zu hören. Er dachte an Kreuze, an Jesus, und eine innere Stimme rief ihm zu, daß Christus der wahre Messias gewesen sei, und drängte ihn, zu konvertieren.
Jeder kam mit seinen Einbildungen oder gar Wahnideen zum Baalschem. Ein junger Mann hatte so übertrieben gefastet, daß er jetzt nichts mehr essen konnte. Dauernd verzehrte er sich vor Reue über Sünden, die er nie oder höchstens in einem früheren Leben begangen hatte. Wenn er sich zum Beten erhob, überwältigten ihn die Tränen, und er war unfähig, aufzuhören. Seine Mutter hatte ihm erzählt, daß er als Kind unabsichtlich seine kleine Schwester mit einem Topf voll heißen Wassers verbrüht hatte, und zwei Jahre später war sie an Scharlach gestorben. Es wäre nicht einmal dann seine Schuld gewesen, wenn er – Gott bewahre! – ihren Tod verursacht hätte. Doch er hielt sich selbst für einen Mörder. Er fastete buchstäblich von Samstag zu Samstag. Im Winter rollte er sich nackt im Schnee; im Sommer in Dornen. Er litt so sehr unter seiner eingebildeten Sünde, daß er nicht mehr zu seinem Weibe ging, nicht einmal an jenen Abenden, wo sie von ihren Waschungen kam.
Die Männer hatten ihre Sorgen; die Frauen

die ihren. Jene, die kinderlos blieben, konnten sich mit ihrer Unfruchtbarkeit nicht abfinden. Warum hatte Gott der Frau einen Schoß gegeben, Eierstöcke und Brüste, wenn nicht, um damit Kinder zu gebären? Irgendwo mußte es doch einen Arzt geben, einen Magier, einen Bader oder einen Zauberer, der einer unfruchtbaren Frau helfen konnte. Manche beschwerten sich, daß das Gesetz so geschrieben war, daß die Schuld immer bei den Frauen zu liegen schien. Wenn eine Frau nicht innerhalb von zehn Jahren nach der Hochzeit gebar, dann mußte sich der Mann von ihr scheiden lassen. Wenn aber ein Ehemann irgendwo verschwand und keiner mehr je von ihm hörte, dann war es der Frau nicht gestattet, sich scheiden zu lassen und wieder zu verheiraten. Wenn es aber alle heiligen Zeiten einmal vorkam, daß eine Frau ihren Mann verließ, oder wahnsinnig wurde oder auf Abwege geriet, dann durfte der Mann um die Scheidung einkommen, indem er die Unterschriften von einhundert Rabbis sammelte.

Einige Rabbis begannen, den Baalschem zu verleumden, weil er auch Frauen empfing. Frauen brachten Männer auf unzüchtige Gedanken. Es war gegen die Tora, so sagten die Rabbis, dem Schwatzen und Plappern der Weiber zu lauschen. Einer seiner Schüler hinterbrachte diese Auffassung dem Baalschem, der darauf scherzend erwiderte: »Dann muß ich mich eben mit einer kleineren Portion des Leviathans bescheiden . . .«

Obwohl die Juden in Polen und in der ganzen Welt sich selbst immer größere Forderungen auferlegten, wenn es um die Gesetze bezüglich koscher und trejfe ging, aus einem Gesetz hundert Gesetze machten, jedem Absatz im *Schulchan Aruch* Dutzende von Riten und Restriktionen anfügten, die von späteren Generationen in neue Gesetze mit neuen Hinzufügungen verwandelt wurden, brachen manche Juden dennoch sehr oft die Gesetze, die sich auf den Umgang der Menschen untereinander beziehen – gerade diejenigen also, vor denen die Tora und die Propheten sie ständig warnten. Sie verleumdeten und sagten ihren Mitmenschen Böses nach. Viele Kaufleute betrogen bei ihren Geschäften, machten Bankrott oder nahmen Wucherzinsen. In vielen Städten hetzten die Gemeindeältesten gegen ihre Rabbis und trieben sie sogar in Schimpf und Schande aus der Stadt.

Der Baalschem hatte seine Schüler schon oft gebeten, ihm die bösen Dinge, die die *Misnagdim,* seine Gegner, gegen ihn vorgebracht hatten, nicht zu erzählen, aber sie kamen immer wieder mit neuen Tratschereien zu ihm – der hatte das gesagt, dieser hatte jenes gesagt. In einigen Städten in Wolhynien und Podolien war Streit, ja Kampf zwischen den Chassidim des Reb Israel und den *Misnagdim* ausgebrochen. An manchen Orten hatte die Feindschaft ein solches Ausmaß erreicht, daß beide Seiten einander nicht anerkannten, und daß die Parteien einander beim Adel und den nichtjüdischen Gerichten denunzierten – was ein schändlicher Bruch des göttlichen Gesetzes war.

Nun war ein Chassid gestorben, und die Bestattungsgesellschaft weigerte sich, die Leiche zum Begräbnis herzurichten. Der Leichnam mußte also auf der anderen Seite des Zaunes begraben werden, als wäre es der eines Verräters von Israel, oder der eines Selbstmörders. Genau wie die ehemaligen Anhänger von Sabbatai Zwi begannen jetzt auch die Chassidim, Cliquen zu bilden, nur miteinander Handel zu treiben, einander Kredit zu geben, und den Kaufleuten, die zur Gegenpartei gehörten, aus dem Weg zu gehen.

Wenn ein Rabbi starb und ein neuer gewählt werden mußte, dann stellten beide Parteien ihre eigenen Kandidaten auf und verfolgten die andere Seite mit Verleumdungen. Es gab Augenblicke, da der Baalschem bereute, ein Führer unter den Juden geworden zu sein.

»Wer weiß?« brütete er. »Vielleicht war meine ganze Enthüllung ein Werk des Satans?« Immerhin wog doch das Gute viel schwerer als das Schlechte. Juden kamen aus Städten und Märkten zusammen, beteten gemeinsam, sangen, tanzten, und fielen in Verzückung. Sie brauchten nicht auf eine Hochzeit, eine Beschneidung, oder die Auslösung eines Erstgeborenen warten, um einen Anlaß zum Feiern zu haben. Bei den Chassidim war jeder Tag ein Grund zum Feiern. Kränkliche junge Männer von blassem und mattem Aussehen waren imstande, stundenlang zu tanzen, ohne zu ermüden. Dazu sangen sie eine Stelle oder einen Satz aus der Gemara oder dem Sohar wieder und wieder, hunderte oder vielleicht tausende Male, jedes Mal mit größerer Inbrunst. Man konnte sich kaum vorstellen, woher sie die Kraft dazu nahmen.
Einer der Chassidim sang diesen jiddischen Vers:

Laßt uns nicht fragen nach dem Alten,
Laßt uns tanzen bis zum Balken.
Bereuen soll der schlechte Mensch.
Was er gestern falsch getan,
Heute kann er recht es machen.

Mit dem »Alten« meinten sie den Bösen Geist, der nach der Auslegung des Midrasch ein alter Narr war.

Elieser, der Sohn des Baalschem, war noch zu jung, um zu begreifen, was rund um ihn vorging, doch Hodel war jetzt schon vier Jahre alt, und wenn sie die Chassidim tanzen sah, dann klatschte sie in die Hände und tanzte mit. Manchmal zogen die Chassidim sie auch in ihren Kreis, oder irgend jemand setzte sie sich auf die Schultern. Frauen aus den Nachbarhäusern, ja selbst aus den Nachbardörfern kamen, um den Chassidim beim Tanzen zuzusehen und dazu zur Begleitung zu klatschen. Einige brachten Kuchen, Kekse, Kirschlikör. Andere brachten ihre Kinder mit.

Als die Rabbis und die angesehenen Haushaltsvorstände erfuhren, was da im Haus des Baalschem vor sich ging, empörten sie sich sehr. An Simchat Tora fröhlich zu sein und mit den Gesetzesrollen zu tanzen, das mochte noch hingehen; aber mitten im Jahr einfach so zu tanzen, das war Wahnsinn. »Ich sagte vom Lachen: ›es ist Wahnsinn‹; und von der Heiterkeit: ›wozu dient sie?‹« zitierten sie die Worte des Predigers Salomo. Sie erinnerten an das Gesetz, demzufolge seit der Zerstörung des Tempels jeder Jude gehalten war, sich wie ein Trauernder zu benehmen. Es verbreitete sich das Gerücht, daß die Chassidim sich betranken. Nun, und warum kamen denn Frauen, um dieses Übel mitanzusehen? Das waren keine religiösen Feste, sondern Orgien, behaupteten die *Misnagdim*. Gegen diese Verderbnis gab es nur ein Heilmittel: den Ausschluß. Die Sekte der Chassidim mußte aus der Gemeinde ausgestoßen werden, so wie einst die Anhänger von Sabbatai Zwi und andere halb und ganz Konvertierte. Es gab Juden, die forderten, daß alle Rabbis aus ganz Polen zusammen kämen, um die Chassidim mit dem Blasen des Schofar und schwarzen Kerzen auszuschließen.

VII

Aus den unzähligen Bitten um Rat, die der Baalschem empfing, lernte er nicht nur sehr viel über weltliche Dinge, sondern auch über das Judentum selbst. In Wahrheit gibt es auch keinen Unterschied zwischen den beiden. Da alles von Gott kommt und ein Teil von ihm ist, wie kann man da das eine weltlich und das andere heilig nennen? Nicht einmal eine Sünde kann sich ganz von ihrem göttlichen Ursprung lösen. Satan und seine Truppen würden sofort zu Nichts werden, wenn sie sich völlig von ihren himmlischen Wurzeln freimachten. Was ist die Dunkelheit ohne Licht? Wenn es kein Leben gibt, was bedeutet dann der Tod?

Die Rabbis hatten auf alle Fragen nur eine Antwort: koscher oder trejfe, erlaubt oder verboten. Doch ein Führer der Juden mußte den ganzen Menschen mit allen seinen Sorgen, Nöten, Zweifeln, Neigungen und Abneigungen in Betracht ziehen. Die Juden hatten es mit Gutsherrn zu tun, von denen viele halb verrückt waren. Ihre Vögte, Verwalter, Leibeigenen und Verwandten hatten alle Launen und Tücken, mit denen der Hofjude fertig werden mußte. Durch übermäßige Arbeit in der Werkstatt, in der Küche oder im Laden und durch die ständigen Schwangerschaften und Entbindungen verloren die jüdischen Frauen oft ihren Verstand, begingen irrationale Handlungen, verstiegen sich zu unsinnigen Verdächtigungen, und ließen ihre Verbitterung an ihren Gatten, Söhnen, Töchtern, Schwiegertöchtern und Schwiegersöhnen aus. Obwohl die Bauern Jahrhunderte lang die Sklaven der Aristokratie gewesen waren, hörten sie nie auf, sich dagegen aufzulehnen. Dabei waren ihre ersten Opfer oft die Juden, die als Mittelsmänner zwischen den Gutsherrn und ihren Bauern fungierten und selbst kaum besser als Sklaven waren.

Die polnischen Sommer waren heiß und oft sehr trocken, und es verging kein Tag, daß nicht eine jüdische Stadt niederbrannte und die Opfer ihren gesamten Besitz verloren. Es kam auch vor, daß die Bauern den Palast eines Gutsherrn in Brand steckten. Obwohl es hieß, daß Kasimir I. bei seiner Thronbesteigung ein Polen aus Holz vorgefunden, bei seinem Tod jedoch ein Polen aus Ziegel und Stein zurückgelassen habe, so war das nicht mehr als eine Redensart. Die meisten polnischen Schlösser, Paläste, oder wie sie sich auch nannten, waren noch immer aus Holz gebaut. Gebäude, deren Errichtung Jahre oder auch Jahrzehnte in Anspruch genommen hatte, wurden von einem einzigen Funken in Schutt und Asche gelegt. Das gleiche galt für Kirchen, Synagogen, Speicher und Lagerhäuser.

Gott wahrte sein ewiges Schweigen, und die verzweifelten Menschen kamen zum Baalschem, um ihr Schicksal zu bejammern und ihn um seinen Rat zu bitten. Was tun? Wohin gehen? Wie konnte man so viel Elend ertragen?

Der Baalschem tröstete das Volk, versprach, für es zu beten, versicherte ihm, daß Hilfe nahe sei. Feuer oder nicht, Gott regierte noch immer die Welt. Wie war es einem Sterblichen möglich, die Wege der Vorsehung zu erkennen? Selbst der Tod war nicht so ein Unglück, wie die Leute meinten. Das Leiden reinigt den Menschen und vertieft seine Erkenntnis. Die Seele kann weder im Feuer vergehen noch vor Hunger sterben. Mitten im tiefsten Elend, wenn einem das Wasser bis zum Halse reicht und rundum alles voll Bedrohung scheint, kann man nichts Besseres tun als die eigene Kraft stärken, den Allmächtigen preisen, mit Inbrunst beten, singen, tanzen und das Vertrauen nicht verlieren. Schließlich ist, was vergangen ist, vergangen, und die Zukunft steht

erst vor der Tür. Alles, was der Mensch hat, ist die Gegenwart. Wenn es einem gelingt, den Tag, ja die Stunde mit Freude zu erfüllen, dann hat Satan das Nachsehen.
Es ereignete sich mehr als einmal, daß jene, die zum Baalschem gekommen waren, um zu jammern und zu klagen, einen Kreis bildeten und tanzten und sangen und dem Allmächtigen für seine Gnade dankten. Wunder geschahen. Hilfe kam von unerwarteter Seite. Die Juden ließen einander nicht im Stich. Die Gutsherrn hatten keinen Nutzen davon, wenn ihre Hofjuden betteln gingen. Vor dem Feuer war niemand sicher. Manchmal reichte einem selbst ein ehemaliger Feind eine hilfreiche Hand.
Die Juden in Polen hatten ihre eigenen Banken, die manchmal nur aus der Brusttasche des Bankiers bestanden. Ein Jude schrieb in Lublin einen Brief, und auf diesen Brief hin gab man in Krakau, in Danzig, selbst in Leipzig Kredit. Schließlich gedieh das Korn auf den Feldern, das Obst in den Obstgärten, und in den Wäldern wuchsen die Bäume. In den Seen und Flüssen tummelten sich die Fische. Jüdische Gehirne fanden Lösungen.
Zuerst suchte der Baalschem seine eigenen Wunder zu verkleinern. Gott war es, der geholfen hatte, nicht er, Reb Israel. Doch mit

der Zeit sah er selbst ein, daß der Himmel ihn mit außergewöhnlichen Fähigkeiten begabt hatte. Wenn er einen Segenswunsch aussprach, dann bewahrheitete sich dieser oft buchstäblich noch in der Minute, da er ihn ausgesprochen hatte. Oder er begegnete einem Fremden, und bevor noch dieser seinen Mund öffnen konnte, wußte Reb Israel schon, was der ihm sagen wollte. Wenn er für jemanden betete, dann spürte er oft, daß sein Gebet angenommen wurde, und zwar durch das Zeichen, das Rabbi Chanina ben Dossa in der Mischna beschreibt: »Wenn mein Gebet flüßig ist in meinem Munde, dann weiß ich, daß es erhört wird; wenn es nicht flüßig ist, dann weiß ich, daß es nicht erhört wird.« Wenn jemand an seine Türe klopfte, dann wußte der Baalschem oft schon im voraus, wer es war – ein Mann oder eine Frau –, und was sie von ihm wollten. War es möglich, daß er dazu auserwählt war, irgendwie mit dem Heiligen Geiste in Verbindung zu stehen? Aber wie und warum? Er war doch wirklich durchaus kein Heiliger. Manchmal bedrängten ihn wüste, ja wahnwitzige Gedanken. Irgendwo tief unten in seinem Gehirn gab es einen Narren, einen Wilden. Er selber litt unter allen den Leidenschaften, Ängsten und Geistesstörungen, die er doch angeblich bei anderen heilen konnte.

Er besaß bereits eine zahlreiche Gefolgschaft, darunter auch Rabbis, die für ihre Gelehrsamkeit berühmt waren, und sie hingen an seinen Lippen und unterlegten seinen Worten oft Bedeutungen, die er selbst gar nicht gemeint hatte. Manchmal tat er Dinge, die etwas aus dem Rahmen des Gebräuchlichen fielen. Sein Morgengebet verrichtete er oft erst nach der vorgeschriebenen Zeit. Er war nicht imstande, sich an den Allmächtigen zu wenden, wenn sein Geist und sein Herz nicht bereit waren. Manchmal war er auch bei seinem Abendgebet nicht pünktlich. Die *Misnagdim* beschuldigten ihn allerhand kleinerer Sünden, aber die Rabbis aus seiner Gefolgschaft sprachen ihn davon frei. Es kam immer wieder vor, daß ein früherer Gegner zum eifrigen Anhänger wurde. Wenn der Baalschem mit seinen Anhängern aß und eine Kruste Brot übrig ließ, da brachen diese es in kleine Krumen, die sie untereinander aufteilten und schluckten. Der Baalschem wies sie zurecht. So etwas taten die Nichtjuden mit den Oblaten, die die Priester weihten und zum Fleisch Christi ernannten. Aber die Chassidim bestanden darauf, daß alles, was der Baalschem berührt habe, dadurch heilig werde.

Seine Träume wurden immer seltsamer, immer lebhafter, und beim Erwachen konnte er sich oft noch an jede Einzelheit erinnern. Er fand sich in fernen Städten, in fremden Ländern. Er segelte in Schiffen über das Meer. Er wanderte durch die Straßen von Rom, Athen und Persien. Er reiste durch Ägypten. Er sah die Arche Noah, den Gipfel des Berges Ararat und die Ruinen des babylonischen Turmes. Recht oft führte ihn auch der Herr der Träume ins Land Israel, nach Jerusalem, nach Safad, an die Klagemauer, an Rachels Grab, und zur Höhle von Machpela. Mit den Juden in diesen Orten sprach er auf hebräisch und aramäisch. Er tauchte ins Ritualbad von Rabbi Isaak Luria ein. Nicht nur jetzt noch lebende Menschen waren mit ihm zusammen, sondern auch solche, die früher gelebt hatten, und enthüllten ihm die Geheimnisse der Tora. Er sprach mit Rabbi Juda Chassid, mit Rabbi Chaim Vital, mit Rabbi Joseph Caro, mit Propheten, Tannaiten, Amoräer, Geonim. Er unterhielt sich mit Rabbi Meir dem Wundertäter, mit Rabbi Hanania ben Hakinai, und mit weiblichen Heiligen wie Debora der Prophetin, mit der Matriarchin Sara und der Königin Ester.

Das waren keine gewöhnlichen Träume mehr, sondern Visionen. Der Prophet Elias kam herab zu ihm in seinem feurigen Wagen und stieg mit ihm in den Himmel auf. Er zeigte ihm

alle sieben Himmel, alle Welten, Sphären und Tempel. Reb Israel hörte die Engel singen. So lieblich waren ihre Stimmen, so erhaben ihre Lieder, daß ihm das Bewußtsein verging.
Der Baalschem hatte oft die Meinung gehört, daß man nur solche Dinge und Menschen im Traum erblicke, die man vorher im Wachen gesehen habe. Was für eine Lüge! Im Traum löste sich die Seele vom Körper, und manchen war es vergönnt, Wunder und Schätze zu sehen, die keines Lebenden Aug' jemals erblickt hatte. Reb Israel erwachte aus diesen Träumen mit einem süßen Geschmack in seinem Munde, mit dem Geruch von Weihrauch in der Nase und dem Echo der himmlischen Gesänge in seinen Ohren.
Eines Nachts träumte ihm, daß Elias ihn zur Wohnung des Messias führe, das Nest der Vögel genannt. Die Wohnung war voller Engel, Seraphim, Arielim, Cherubim. Alle waren da – Adam, Noah, die Matriarchen, Moses, Aaron, König David, König Salomon, die Propheten, Henoch, Metatron, Rabbi Schimon bar Jochai, Rabbi Isaak Luria, Rabbi Mose Cordovero. Die Matriarchin Rachel warf sich vor dem Thron der Herrlichkeit zu Boden und flehte Gott an, den Messias zu senden, da die Juden alle diese Qualen und Verfolgungen nicht mehr ertragen könnten. Und Rachel

warnte Ihn, daß es, wenn alles so weiterginge wie bisher, bald keine Juden mehr auf der Welt geben, die ganze Schöpfung zusammenbrechen, und Gott allein übrigbleiben würde, so allein, wie Er es vor den Zeiten der Genesis gewesen war.

Doch Satan rief seine gesamte üble Kumpanei zusammen und erneuerte seine Anschuldigungen gegen die Juden. Die Juden, so behauptete er, verdienten den Messias nicht. Seine Dämonen und bösen Geister brachten Säcke voller Sünden, die die Juden begangen hatten: sie jagten dem Gelde nach, sie betrogen, sie liehen Geld zu Wucherzinsen, sie wogen falsch und sie maßen falsch, sie waren geizig beim Almosengeben, sie benahmen sich hochmütig, sie verfolgten ihre Gelehrten mit Spott und Hohn, und sie demütigten die Armen. In Deutschland hatten die reichen Juden den geraden und engen Pfad verlassen, um die Lebensweise der Nichtjuden nachzuäffen; sie lernten fremde Sprachen und befaßten sich mit der Lektüre von weltlichen Büchern. In anderen Ländern war es nicht anders. Die ärgste Sünde der Juden, schrie Satan, war ihre Eifersucht, ihre Feindschaft untereinander, die zur Zerstörung des Tempels geführt hatte. Der Messias sagte zum Baalschem: »Noch viel dringender, als mich die Juden herbeisehnen, möchte ich selber kommen, doch sie selbst stellen sich meiner Ankunft entgegen.«

Mit einem Schrei erwachte der Baalschem aus seinem Traum. Da erwachte auch seine Frau Ittele im Bett daneben und fragte: »Israel, was ist? Warum hast du geschrien?«

Es ergab sich, daß Ittele zum ehelichen Verkehr bereit war, da sie erst vor kurzem das rituelle Tauchbad besucht hatte; voll Liebe sah der Baalschem sie an. Der Himmel hatte ihn mit einem tüchtigen Weibe gesegnet. Er hatte von Frauen gehört, die nach Luxus verlangten, die ihren Gatten nicht erlaubten, dem Allmächtigen in Frieden zu dienen, denen der Sinn nach teuren Möbeln stand, nach Juwelen, Seide, samtenen Gewändern und geräumigen Häusern. Wenn ihre Ehemänner einen verarmten Gast nach Hause brachten, dann begrüßten sie diesen voll Widerwillen, gaben ihm nicht genug zu essen, weigerten sich, ihm ein Bett zu bereiten und bestanden darauf, daß er im Armenhaus schlafe. Ittele, Gott sei's gedankt, nahm seine Schüler, ja selbst Fremde, die sich in Not befanden, ins Haus, gab ihnen zu essen, machte ihnen Betten, wusch sogar ihre Wäsche. Sie hatte ihre Kinder, Hodel und Elieser, dazu erzogen, hilfreich zu den Armen zu sein. Die Furcht vor Gott ruhte auf ihrem länglichen Gesicht. Aus

ihren Augen leuchtete die Sanftmut der Taube. Oft vergingen Tage, ohne daß er ein lautes Wort von ihr hörte.
Jetzt sagte er zu ihr: »Mach dir keine Sorgen, meine Liebe. Ich habe vor Freude geschrien.«

VIII

Als der Baalschem seinen eigenen Weg zum Judentum einschlug, tat er es, um einige wenige Einzelne zu führen, nicht aber tausende oder hunderttausende Menschen. Ihm war sehr wohl bewußt, daß jeder seinen eigenen Weg zu Gott finden muß, und daß das, was für den einen gut ist, nicht unbedingt auch für einen anderen von Nutzen zu sein braucht. Reb Israel ging noch immer gern allein durch die Felder und Wälder. Bei diesen Gelegenheiten machte seine Frau sich Sorgen, und seine Schüler suchten nach ihm. Es gab Leute, die glaubten, daß der Baalschem an jenen Tagen und Nächten, da er nicht zu Hause war, in den Himmel aufstieg. Zu seinen Anhängern zählten auch einige wohlhabende Männer, die dem Baalschem gern einen Wagen mit Pferden gegeben und ihn reich gemacht hätten. Doch der Baalschem fuhr fort, sich wie ein ganz gewöhnlicher Jude zu kleiden, und wenn er von zu Hause fortging, um durch die Umgebung zu wandern, dann hielten ihn die Bauern für einen jener Hausierer, die ein wenig Korn, Hühner, Eier, Honig aufkauften, oder was sie ihnen sonst zu verkaufen hatten – oft ohne Wissen des Gutsherrn, dessen Leibeigene sie waren.

Der Baalschem spürte den heftigen Drang, sich im Lande Israel anzusiedeln, wo noch jetzt Kabbalisten lebten, die den Messias mit Hilfe heiliger Beschwörungen zu zitieren hofften. Manche von ihnen lebten in Höhlen in den Bergen rund um Jerusalem und Safad, und der Baalschem wollte gern einer von ihnen werden. Er rief es sich oft ins Gedächtnis, daß es die Pflicht eines jeden Juden auf der ganzen Welt war, sich im Land Israel anzusiedeln. Zugegeben, das Land lag in Trümmern, doch die Luft von Israel war noch immer durchtränkt mit göttlicher Weisheit. Oft kamen Sendboten aus dem Heiligen Land nach Polen, um für die Siedlungen zu sammeln, und auch für die alten Männer, die dahin gegangen waren, um dort begraben zu werden, wenn ihre Stunde gekommen war. Der Baalschem wurde nie müde, den Erzählungen über heiligmäßige Juden, über fromme Frauen, über Gräber von alten Heiligen, Trümmer von Synagogen und alte Studierhäuser zu lauschen. In Jerusalem stand die heilige Klagemauer, ein Teil des zerstörten Tempels. Die göttliche Gegenwart schwebte beständig über den moosbedeckten Steinen. Selbst die Nichtjuden in diesem Land waren anders. Sie waren die Abkömmlinge von Ismael und Esau, vielleicht auch von Lot – Kinder und Nichten und Neffen Abrahams. Ihre Sprache ähnelte dem Hebräischen und der Sprache des Targum – dem Aramäischen.

Das Gerücht ging um, daß der Baalschem mehrere Versuche unternommen hatte, das Land Israel zu sehen, daß er jedoch nie dorthin gelangt war. Man erzählt sich viele Geschichten über diese fehlgeschlagenen Bemühungen. Satan, Asmodäus und die anderen finsteren Mächte wußten sehr wohl, daß der Baalschem, sollte er jemals das Land Israel betreten, sicherlich die Erlösung herbeiführen würde, daher waren sie entschlossen, dies zu verhindern. Einmal, als der Baalschem gerade aufbrechen wollte, wurde seine Frau schwer krank. Ein anderes Mal war es seine geliebte Tochter, Hodel, die krank wurde. Ein drittes Mal brach, als der Baalschem schon die See erreicht hatte, ein schrecklicher Sturm los, und das Schiff, auf dem er sich aufhielt, sank. Die Mächte der Finsternis betrachteten den Baalschem als ihren ärgsten Feind, und sie hörten nie auf, ihn zu bekriegen. Sie sandten lockere Frauen zu ihm, damit diese sündige Gedanken wachriefen und ihn zum Ehebruch verleiteten. Zauberer aller Arten bemühten sich, ihn zur Entweihung des Sabbaths zu verführen, zum Essen verbotener Speisen, sogar zum Götzendienst. Wenn der Baalschem fortging, um in den Wäldern die Einsamkeit zu suchen, wurde er von wilden Hunden, Bären und Schlangen angefallen und mußte sie mit Gebeten und Amuletten verscheuchen.

Die bösen Geister und ihre Gefährtinnen kannten viele Listen, um einen Heiligen vom rechten Pfade zu locken. Aber der Baalschem war immer klüger als sie; nur jedes Mal, wenn er ins Land Israel aufbrechen wollte, halfen sie alle zusammen, um ihn daran zu hindern. Die Zeit des Messias war noch nicht gekommen.

Inzwischen vergingen die Jahre. Es schien noch gar nicht so lange her, daß Elieser und Hodel, die Kinder des Baalschem, klein gewesen waren. Jetzt waren sie erwachsen. Elieser war nicht zu dem Manne geworden, um seinem Vater und den Schülern seines Vaters zu gefallen, doch dafür hatte Hodel die Hingabe ihres Vaters geerbt, seine Menschenliebe, seine Neugier auf die Geheimnisse von Himmel und Erde. Mit vierzehn Jahren wurden ihr bereits Ehemänner angetragen, aber Hodel war wählerisch. Sie suchte das, was wir heute »Liebe« nennen würden. Sie lauschte den Lehrreden, die ihr Vater bei Tisch seinen Schülern hielt, und obwohl er sich in einfa-

chen Worten ausdrückte, erfaßte sie doch deren verschlungene Bedeutung.
Ihre Mutter war sehr besorgt darüber, daß ihre Tochter gar nicht so geworden war, wie ein Mädchen sein sollte – vertieft in solch weibliche Dinge wie Kochen, Backen, Stricken, Stopfen, und in Vorbereitungen, eine Ehefrau zu werden und einen Haushalt zu führen.
Doch Hodel hatte offenbar die Seele eines Mannes. In der Synagoge ging sie zwar in jenen Teil, der den Frauen vorbehalten war, betete aber nicht nur am Sabbath, wie die anderen Mädchen und Frauen, sondern täglich, und sang die Gebete zu Melodien, die sie selbst erfand, wie ihr Vater. Sie hatte ganz allein Hebräisch gelernt und die Moralliteratur und sogar die Bücher der Kabbala studiert. Die Frauen der Stadt sagten, wenn Hodel einmal heiratete, dann wäre sie sicherlich nicht imstande, für die Mahlzeit am Sabbath einen Kugel zu machen.
Ittele beschwerte sich bei ihrem Mann und bat ihn, das Mädchen doch zu drängen, sich wie andere jüdische Töchter zu benehmen, doch er erwiderte: »Sie ist mein Kind, daher kann sie nicht sein wie die anderen.«
»Israel, das Mädchen bringt Schimpf und Schande über mich.«

»Wieso Schimpf? Alle Seelen standen auf dem Berge Sinai, auch die weiblichen.«
»Wer soll ein solches Mädchen heiraten? Sie wird noch, Gott bewahre, eine alte Jungfer werden.«
»Wenn der Engel gerufen hat: ›Tochter Israels, du wirst den und den heiraten‹, dann wird er sein Wort halten müssen«, gab der Baalschem zur Antwort.
Trotzdem rief er seine Tochter zu sich, um sich mit ihr zu unterhalten. Das Mädchen gestand ihrem Vater, daß sie nicht so wie andere Mädchen sein konnte. Nicht einmal befreunden konnte sie sich mit ihnen. Die dachten nur an Kochen, Essen, Kleider, Schuhe. Die eine trug ihr Haar in einem Zopf; die andere in zwei Zöpfen. Die eine trug ein Kleid mit Falten; die andere eins mit Streifen. Was für einen Unterschied machte es schon, welches Kleid den Leib verhüllte? Die Männer und Knaben studierten die Tora, beteten mit Inbrunst und vertieften sich in die Schriften, und den Frauen und Mädchen blieb nichts anderes als Töpfe und Pfannen, Kleider, Windeln und Wäsche. Sie, Hodel, konnte nicht ein so enges Leben führen. Hodel hatte gehört, daß Raschis Töchter Talmud-Gelehrte gewesen waren. Auch weibliche Propheten hatte es unter den Juden gegeben. In Spanien und zur Zeit

von Bogdan Chmielnicki hatten Frauen genau wie Männer die Märtyrerkrone errungen.

Der Baalschem wußte gar nicht, wie er seiner Tochter antworten sollte. Er hatte sich selbst oft darüber den Kopf zerbrochen, warum der Himmel die Jüdin irgendwie vernachlässigt hatte, sie der Gelegenheit beraubt, eine Reihe von Geboten auszuführen, und ihr verboten hatte, die Tora zu studieren. Die Frauen, die ihm ihr Inneres enthüllt hatten, hatten oft durchblicken lassen, wie übel sie es den Männern nahmen, daß diese alles an sich gerissen und den Frauen nur Dinge wie Kinderkriegen und Kinderaufziehen, einen Haushalt führen und Mahlzeiten machen überlassen hatten.

Eines Abends, als die Chassidim gerade mit ganz besonderer Begeisterung tanzten, ging die Tür auf, und Hodel erschien, in jeder Hand ein Tüchlein haltend. Es war nicht üblich, daß Männer und Frauen miteinander tanzten, außer zu Hochzeiten, wenn das jung vermählte Paar den Mizwa-Tanz tanzte. Aber selbst dann berührten sich die Hände von Braut und Bräutigam nicht, sondern beide hielten die entgegengesetzten Enden eines Tüchleins.

Als Hodel mit ihren zwei Tüchlein erschien, erfaßten die Chassidim sofort ihre Absicht – sie wollte in den Kreis aufgenommen werden,

und rechts und links von ihr sollte ein Mann die Enden ihres Tüchleins halten. Einen Augenblick lang waren die Chassidim wie vor den Kopf geschlagen. Doch die Inbrunst des Tanzes war so stark und der Gesang so mitreißend, daß sie sie in ihren Kreis zogen.
Zufällig war der Baalschem gerade nicht da, aber die Frauen und Mädchen, die gekommen waren, um die Männer tanzen zu sehen, schrien wie aus einem Munde auf. So etwas hatte man noch in keinem jüdischen Hause je gesehen, nicht einmal an Simchat Tora.
Es dauerte nicht lange, bis Ittele erfuhr, was ihre Tochter getan hatte, und ganz aufgeregt kam sie herbeigerannt und flehte ihre Tochter an, doch nicht Schande über sie zu bringen. Doch Hodel beachtete sie gar nicht.
Die Chassidim drehten sich jetzt im Kreise wie ein wahrer Wirbelwind. Bärte flatterten, Augen strahlten. Irgend jemand lief zum Baalschem und sagte ihm, was seine Tochter getan hatte. Er wußte genau, daß es eine schreckliche Aufregung geben würde, wenn die *Misnagdim* davon erfuhren. Wurde er doch auch jetzt schon verleumdet, und zwar nur deshalb, weil er Frauen überhaupt bei sich empfing.
Der Baalschem kam, um seiner Tochter ihr ungehöriges Benehmen vorzuwerfen, und die Chassidim zu tadeln, daß sie sie in ihren Kreis

eingelassen hatten. Doch im Eingang blieb er stehen und sagte lange Zeit kein Wort. Das war kein gewöhnlicher Tanz mehr, sagte er später. Auf diese Weise war König David vor der Bundeslade gehüpft und gesprungen. Beine schwangen sich mit einer Leichtigkeit in die Höhe, die den Naturgesetzen trotzte. Der Gesang stieg nicht aus Kehlen auf, sondern aus Seelen. Noch nie seit der Zerstörung des Tempels hatten Juden auf solche Weise gefeiert. Noch einmal öffnete sich der Kreis, diesmal, um den Baalschem einzulassen. Der Tanz hob alle Bedenken des Gehirns auf; der Gesang schwemmte die letzten Reste der Trauer hinweg. In der Gemara heißt es, daß man sich auch auf einen nichtjüdischen Koch verlassen kann, daß er die Gesetze der Kaschrut hält, weil kein guter Arbeiter jemals sein Handwerk verleugnet, und genau das würde es bedeuten, wenn ein Koch in einem jüdischen Haus eine Mischung aus Fleisch und Milch bereitete. Durfte man dann nicht auch dem Göttlichen Koch zutrauen, daß er seine Arbeit vollkommen tat? Das Feuer des Glaubens verzehrte die Dornen von Neid, Mißtrauen und Haß.
Die Frauen und Mädchen, die dem Tanz voll Empörung zugesehen hatten, wurden davon so mitgerissen, daß ihre Augen leuchteten. Sie klatschten in die Hände und sangen sogar mit,

obwohl sie wußten, daß es ihnen übel ergehen würde, sobald dies in der Stadt ruchbar wurde.
Ittele, die gekränkte Mutter, vergaß die Verlegenheit, die ihre Tochter ihr bereitet hatte. Der Baalschem hatte einmal gesagt, daß eine mit Inbrunst begangene Sünde besser sei als eine halbherzig geleistete gute Tat. Manchmal platzte er ihr gegenüber mit Dingen heraus, die er nachher bereute; dann bat er sie inständig, sie keinem zu sagen, weil die Welt voll von Menschen war, die unter dem Mäntelchen der Frömmigkeit jederzeit bereit waren, andere zu quälen. Sie lauerten einfach darauf, daß jemand einen Fehler beging, damit sie dann mit ihrer Gelehrsamkeit und mit ihrer strikten Befolgung der Gesetze, ja selbst des kleinlichsten Verbotes großtun konnten.
Selbst einige Chassidim waren schon von der Wut jener angesteckt, die bereit waren, ihre Gegner mit Stumpf und Stiel auszurotten. Der Böse Geist hatte überall seine Gefolgsleute – auf dem Markt, in der Synagoge, im Studierhaus und in der Bestattungsgesellschaft. Obwohl die Juden selber seit Generationen die Opfer falscher Anschuldigungen und Verleumdungen geworden waren, gab es auch unter ihnen solche, die große Männer verleumdet und falsch beschuldigt, sie zum Ver-

zicht auf ihre Rabbinate gebracht, ja sogar aus ihren Städten vertrieben hatten, in von Ochsen gezogenen Wagen, um sie noch mehr zu demütigen.

IX

Die Jahre vergingen offenbar immer schneller. Hodel hatte einen jungen Mann gefunden, den sie zum Gatten begehrte; er war nicht aus Polen oder Wolhynien, sondern aus Deutschland, und war nach Miedzyborz gekommen, weil er vom Baalschem gehört hatte und bei ihm studieren wollte. Sein Name war Jechiel Michael. Jechiel sprach nicht das Jiddisch der Polen, sondern eine Art jüdisches Deutsch. Er hatte die Tora in der deutschen Stadt studiert, wo er aufgewachsen war, und die Spitzfindigkeiten und Finten der jungen Polen waren ihm fremd. Obwohl bei den polnischen Juden alle Ehen von Heiratsvermittlern arrangiert wurden, und Liebe im üblichen Sinn des Wortes als selbstsüchtig, ja unanständig galt, verliebte sich Hodel in Jechiel Michael.

Sie ging zu ihrem Vater und sagte: »Vater, zürne mir nicht, aber ich habe meinen Gatten gefunden.«

»Wer ist es?« fragte der Baalschem, und Hodel antwortete: »Jechiel Michael, der, den sie den ›Deutschen‹ nennen.«

Der Baalschem wußte genau, daß seine Frau

diese Verbindung ablehnen würde. Die Chassidim machten sich hinter seinem Rücken über Jechiel Michael lustig. Er studierte die Gemara wortwörtlich, ohne jede Kasuistik. Gesang oder Tanz bedeuteten ihm nichts. Er hatte blonde Peies, einen rötlichen Bart und blaue Augen. Er war peinlich sauber, reinigte seine Schuhe und putzte sich jeden Morgen die Zähne. Aus Deutschland hatte er ein Buch mit Reiseberichten und ein anderes Buch mit Arzneirezepten für verschiedene Krankheiten mitgebracht. Das alles galt als typisch für die Nichtjuden. Es gab unter den Chassidim solche, die heimlich behaupteten, Jechiel Michael sei ein Häretiker. Der Baalschem selbst blickte etwas scheel auf diesen seinen seltsamen Schüler aus fernen Landen.

Eine Weile lang sagten weder Vater noch Tochter ein Wort, dann erklärte der Baalschem: »Tochter, ich gebe dir morgen meine Entscheidung.«

»Warum nicht heute?« fragte Hodel.

Der Baalschem erwiderte: »Ich will den Himmel befragen.«

So hatte der Baalschem noch nie zuvor gesprochen. Seine Anhänger behaupteten schon seit langem, daß die Seele ihres Rabbis jede Nacht zum Himmel aufstieg, doch der Baalschem selbst hatte das nie zugegeben. Inzwischen waren jedoch Dinge geschehen, die keinen Zweifel mehr zuließen. Er bewirkte ein Wunder nach dem anderen. Fast alle seine Bitten wurden erhört. Wenn er ein Buch herausnahm, um eine Stelle zu finden, dann schlugen die Blätter sich von selbst auf der richtigen Seite auf. Manchmal wußte er schon im voraus, welche Sünde einer seiner Jünger eben begehen wollte, und warnte ihn, sich vom Bösen nicht überwältigen zu lassen. Wenn einer seiner Chassidim in einer entfernten Stadt erkrankte oder starb, wußte es der Baalschem schon, bevor ihm noch jemand die Nachricht brachte.

Der Baalschem hatte ein Buch von Joseph Caro gelesen, in dem Rabbi Joseph von einem Engel schrieb, der jede Nacht zu ihm kam, mit ihm studierte und ihn auf die Fehler hinwies, die er schon begangen hatte oder noch begehen wollte. Jetzt hatte auch der Baalschem einen solchen Engel. Der Engel hatte ihm weder seinen Namen gesagt noch sein Gesicht gezeigt, aber jede Nacht redete er mit dem Baalschem in seinem Bett. Er klärte ihn über vergangene Reinkarnationen auf, nicht nur über seine eigenen, sondern auch die seiner Schüler – Reb Dow Bär von Meseritz und Reb Jakob Josef von Polna, beide Talmud-Gelehrte. Heilige wie auch Übeltäter kamen zur Erde zurück, um die Irrtümer auszugleichen, die sie in vergangenen Leben begangen hatten, oder um Grade der Heiligkeit zu erreichen, die ihnen bisher versagt geblieben waren.

Als der Baalschem zu seiner Tochter sagte, daß er den Himmel befragen wolle, vertraute er zuversichtlich darauf, daß sein Engel auch heute nacht kommen und ihm eine Antwort geben würde. Und so geschah es auch, oder zumindest glaubte es der Baalschem. Spät nachts, als er über dem *Buch der Schöpfung* eingeschlummert war, weckte ihn eine Stimme. Es war die Stimme seines Engels. Er hörte sie sagen: »Ja, Israel, dieser ist der deiner Tochter bestimmte Gatte. Ihrer beider Seelen harren einander. Beide können erst dann geläutert werden, wenn sie miteinander vereint sind.«

»Was waren sie in ihren früheren Leben?« fragte der Baalschem, und der Engel nannte die Namen eines männlichen Heiligen und einer weiblichen Heiligen, die vor einigen Jahrhunderten gelebt hatten. Wegen irgendwelcher geringfügiger Verfehlungen hatten sie keine Kinder haben können, daher mußten sie noch einmal zur Erde zurückkehren, um wieder Mann und Frau zu werden und eine Nachkommenschaft zu erzeugen. Seltsamerweise war in diesem früheren Leben Hodel der

Mann und Jechiel Michael die Frau gewesen. Als der Baalschem dies hörte, verstand er manches an seiner Tochter und auch an ihrem Bräutigam viel besser. Hodel war eben etwas Männliches geblieben, Jechiel Michael dagegen etwas Weibliches. Der Baalschem hatte seit längerem begriffen, daß man viele Charakterzüge eines Menschen erst dann verstehen kann, wenn man von seiner früheren Existenz weiß – wer er oder sie in ihrem früheren Leben gewesen war.

Am nächsten Tag wurde der Verlobungsvertrag zwischen Jechiel Michael und Hodel unterschrieben, und ein paar Monate später fand die Hochzeit statt. Von seinem Engel hatte der Baalschem erfahren, daß aus diesem Paar ein großer Heiliger, ein Führer Israels kommen würde, und sein Name sollte Nachman sein. Der wahre Erbe und Nachfolger des Baalschem würde nicht sein Sohn Elieser werden, sondern Hodels Enkel.

Heute wissen wir, wer das war: der große Rabbi Nachman von Bratslaw, dessen Seele vom Thron der Herrlichkeit herabstieg, und dessen Licht leuchtete und bis zum Ende der Welt leuchten wird. Der Baalschem hielt seine Gedanken nicht schriftlich fest, doch Rabbi Nachman hinterließ Bücher, die an Schönheit und Tiefe der Gedanken nicht ihresgleichen haben. Wie sein Urgroßvater sehnte sich auch Rabbi Nachman danach, ins Land Israel zu gelangen. Ihm war es vergönnt, zu erreichen, was dem Baalschem versagt geblieben war, doch nur für eine kurze Weile und erst knapp vor seinem Tode. Wieder mischte Satan sich ein und erschwerte ihm mit vielen Hindernissen die Reise.

Der Baalschem hatte ein großes Licht unter den Juden entzündet, selbst jedoch gewann er davon nur wenig Befriedigung. Sein Ziel – den Messias zu bringen – hatte er nicht erreicht. Zugegeben, das war nicht Reb Israels Schuld. Doch wenn er nachts wach im Bett lag, warf er sich oft vor, daß seine Unzulänglichkeiten allein daran schuld waren. Der Baalschem hatte gehofft, daß der Chassidismus den einfachen Juden, der sonst als Ungebildeter abgetan wurde, emporhebe, und daß er das Los der einfachen Jüdin verbessere. Doch im Laufe der Zeit bemächtigten sich die Rabbis und die Gelehrten des Chassidismus. Eine Reihe von wohlhabenden, ja reichen Männern freundeten sich mit der Bewegung an. Wenn eine große Menge Juden an einem Sabbath oder Feiertag zum Baalschem kam, dann setzten die Aufseher die Reichen und die Gelehrten an die östliche Wand, die Armen aber ließen sie an der westlichen Wand stehen. Wieder und wieder mahnte der Baalschem seine Männer, daß ein solches Vorgehen ganz gegen seinen Willen sei, doch er brachte es nicht über sich, sich mit ihnen auf einen Streit einzulassen oder sie gar fortzuschicken, denn schließlich verdienten sie ihren Lebensunterhalt auf diese Weise.

Seine Anhänger begannen, sich in die Gemeindeangelegenheiten ihrer Märkte und Städte einzumischen und darauf zu achten, daß die Stellen des Rabbis und des Schächters an einen anderen Chassid vergeben wurden. Selbst im Gebetshaus des Baalschem bildeten sich Cliquen. Einige wollten Reb Dow Bär nach dem Tod des Baalschem als Rabbi haben, andere stimmten für Reb Jakob Josef von Polna. Auch Reb Elieser, der Sohn des Baalschem, hatte eine kleine Gruppe von Anhängern.

Es gab Tage, da der Baalschem am liebsten seinen seidenen Kaftan und darüber eine Baumwolljacke angezogen, eine Mütze aus Schafsfell aufgesetzt, einen Sack über die Schulter geschlungen hätte und fortgegangen wäre, hinaus zu einem Leben der Entbehrung – als Holzfäller oder Wasserträger. Doch wenn er darüber zu reden anfing, dann brach Ittele jedes Mal in Tränen aus. Er hatte nicht mehr die Kraft, um große Entfernungen zu durch-

messen oder schwere Arbeit zu leisten. Sein Magen machte ihm zu schaffen. Er konnte auch nicht mehr so lange und so leidenschaftlich tanzen wie früher. Und obwohl der Baalschem ständig davon sprach, daß die Juden fröhlich sein sollten, konnte er sich selbst nicht von der Traurigkeit befreien. Er hatte so viel jüdischem Elend gelauscht, daß er nicht mehr so zuversichtlich sein konnte wie früher. Einmal wurden die Juden in dieser Stadt wegen einer Blutschuld angeklagt, dann wieder in jener Stadt. Epidemien brachen aus, Feuersbrünste wüteten. Jeder Gutsherr brachte unterschiedliche Verordnungen gegen die Juden heraus. Die Priester hörten nicht auf, ihre Herde daran zu erinnern, daß die Juden den Sohn Gottes ermordet hätten, und daß sie dafür auf ewig verdammt seien.
Die Zeit verging, und die Seuche der Irrlehren wurde immer ärger. Viele Gelehrte und Philosophen predigten, daß der Mensch nur den Sinnen und der Vernunft trauen konnte. Andere wieder erklärten, daß man nicht einmal der Vernunft trauen konnte, und daß alles, was man mit eigenen Augen sah, nur ein Traum war. Doch der Baalschem hatte eine Quelle des Trostes – daß nämlich dies alles die Geburtswehen waren, die dem Kommen des Messias vorangingen. Vor langer, langer Zeit

hatte die Mischna prophezeit, daß »mit den Fußspuren des Messias die Vermessenheit steigen und der Mangel seinen Höhepunkt erreichen wird. Der Weinberg wird Frucht tragen, der Wein aber teuer sein; und das Reich in Irrglauben fallen, und keiner da sein, um es zurechtzuweisen. Die Ratskammer wird sich der Hurerei ergeben ... Die Weisheit der Schreiber wird schal werden. Kinder werden ihren Eltern Schande bereiten, und die Eltern sich vor ihren Kindern erheben, *denn der Sohn entehrt den Vater, und die Tochter steht auf gegen die eigene Mutter, die Schwiegertochter gegen ihre Schwiegermutter; eines Mannes Feinde sind die Männer seines eigenen Hauses.* Das Antlitz dieser Generation ist das Gesicht eines Hundes.« Alles, was der Baalschem hörte, bewies, daß diese Zeit nahe war, und zwar nicht nur unter den Nichtjuden, sondern auch unter den Juden selber. Einer von den Amoräern hatte gesagt, daß, sollte der Messias jetzt kommen, er selber, der Amoräer, nicht mehr am Leben sein wolle, um ihn zu sehen. Manchmal dachte der Baalschem das gleiche von sich selber.

Es kam vor, daß er der dinglichen Welt und ihrer Fallen müde war. Er hatte nicht mehr die Kraft, um den Krieg zwischen Gog und Magog, und alle die anderen Bedrohungen, die wie eine schwarze Wolke über der Welt hingen, zu ertragen. Aus türkischen Landen trieb ein düsteres Vorzeichen herüber zum Baalschem. Ein neuer Sabbatai Zwi namens Jakob Frank war aufgestanden, einer, der ein Zauberer, ein Wüstling und ein Verführer war. In Polen hatte er bereits einige Anhänger.

Der einzige Trost in allen diesen Übeln war die Freiheit des Willens. Der Mensch hatte noch immer die Kraft, zwischen Gut und Böse zu wählen, zwischen Heiligkeit und Unreinheit, zwischen der Unzucht, die aus der Verzweiflung stammt, und der Freude aus der Erkenntnis heraus, daß sich am Ende alles zum Guten wenden muß, weil Gott ganz Gnade ist, und aus der Gnade nichts Böses erwachsen kann. Keine einzige Seele kann für immer verstoßen werden. Ein großes Licht mußte zur Erde herabsteigen, und dazu eine göttliche Freude: und dies durch den Juden und seine Tora.

Glossar

Amalek Als Saul die Königsherrschaft über Israel erlangt hatte, mußte er gegen seine Feinde um Israel herum kämpfen, so auch gegen Amalek. Die Amalekiter, ein Nomadenstamm im Norden der Sinaihalbinsel, lebten in stetem Kampf mit den Israeliten. Sie wurden schon früh als Inbegriff des Feindvolkes gesehen. Der Sage nach ist Amalek ein Nachkomme Esaus, der jeden der Kinder Israel erschlug, der das Lager verließ, um ein rituelles Tauchbad zu nehmen. Amalek soll der erste gewesen sein, der es wagte, mit Israel zu kämpfen.

Amoräer hebr., »Sprecher«, »Interpret«. Gab ursprünglich Predigten volkstümlich wieder. Später dann Bezeichnung für die Lehrer, die in der Nachfolge der Tannaiten lehrten (3.-6. Jh.) und deren Diskussionen über die Mischna in der Gemara niedergelegt sind.

Ariel hebr., »Gottesherd«. 1. Name des Tempels in Jerusalem, dann der Stadt selbst (Jes. 29, 1 ff.) 2. *Arielim* (Plural) Eine Engelschar, die, der Sage nach, Mose im vierten der sieben Himmel antraf und die Lobgesänge zu Ehren des Messias erschallen ließ.

Asmodäus Ein böser Geist, böser Dämon (Buch Tobias 3, 8). Im Talmud als »König der Dämonen« bezeichnet.

Auslösung eines Erstgeborenen hebr.: Pidjon ha-Ben »Auslösung des Sohnes«. Die Auslösung soll am 31. Tage nach der Geburt erfolgen, durch Zahlung von 5 Schekel (= etwa 7 g Silber; seit der Makkabäerzeit als Münze in Geltung) an einen Kohen (hebr.: »Priester«, Nachkomme Aarons, für den besondere Vorschriften gelten). Die Auslösung erinnert 1. daran, daß jeder Erstgeborene nach der Schrift Gott geweiht ist, als Zeichen, daß alles Leben von Gott kommt; 2. an die Verschonung der Erstgeborenen aus Israel, als die Erstlinge der Ägypter erschlagen wurden.

Baalschem hebr., Abkürzung von Baalschem Tow, der »Meister des ›göttlichen‹ Namens«. Israel ben Elieser Baalschem (1699-1760) war Begründer des Chassidismus.

Bar-Miz'wa hebr., »Sohn der Pflicht«. Die Zeremonie, durch die der dreizehnjährige Knabe die religiöse Mündigkeit erlangt und in die Gemeinde aufgenommen wird.

Baum des Lebens Hauptwerk der lurianischen Kabbala. Niedergeschrieben von dem Schüler Lurias, Chaim Vital (1543-1620).

Beschneidung Am 8. Tage nach der Geburt des Knaben. Der Beschneidungsfeier wohnt unsichtbar der Prophet Elias bei.

Bestattungsgesellschaft hebr.: Chewre Kadischa, »heilige Gemeinschaft«. Dieser Gemeinschaft gehören die Würdigsten der Gemeinde an. Sie nehmen sich des Verstorbenen und seiner genau festgelegten Beisetzung an. Sie reinigen den Toten, hüllen ihn in die weißen Totenkleider und bringen ihn zum Friedhof.

Bileam Im Altertum ein Prophet aus Mesopotamien, den der Moabiterkönig Balak zur Verfluchung Israels kommen ließ, der aber statt dessen Israel segnen mußte. Der jüd. Sage nach ein Zauberer am Hofe des Pharao, der sich in Abwesenheit des Mohrenkönigs Kikanos zum König ausrufen ließ, aber von Mose besiegt wurde. Er soll von dem Teil der Unreinheit in Abel geboren sein.

Buch der Meinungen und Glaubenslehren von Saadia ben Joseph Gaon (882-942). Wurde Gaon genannt, mit dem Namen des Leiters der babylonischen Gelehrtenschulen (s. Geonim). Dieses religionsphilosophische Werk ist in arabisch geschrieben und ins Hebräische übersetzt. Es lehrt, daß Vernunft und Offenbarung in Einklang stehen, d. h. die offenbarten Wahrheiten philosophisch beweisbar sind.

Buch der Schöpfung Alter unbestimmt. Gehört in die Zeit zwischen dem 3. und 6. Jh. Erster Versuch spekulativen Denkens in hebr. Sprache. Es handelt von den Elementen der Welt, den 10 Urzahlen (Sefiroth), und den 22 Buchstaben des hebr. Alphabets. Sein Umfang ist sehr gering, kaum 1600 Worte, seine Vieldeutigkeit groß; oft kommentiert. Grundwerk der jüd. Zahlen- und Buchstabenmystik.

Buch der Sprüche oder *Sprichwörter* Salomo zugeschrieben. Eine Sammlung verschiedenster Texte der Weisen. Der älteste Teil stammt vom Ende des 8. Jhs.

Bundeslade Truhenförmiges Kultobjekt ungeklärter Herkunft aus der Richterzeit; nach der Tradition von Sinai. Unter David Palladium der vereinten Heerbanne von Israel und Juda. Unter Salomo im Jerusalemer Tempel, mit diesem 586 v. Chr. vernichtet. Symbol der Erwählung der davidischen Dynastie und Jerusalems. Angeblicher Behälter der Gebotstafeln. Vorbild für den Tora-Schrein.

Bußgebete werden während der 10 Bußtage, das sind die Tage von Rosch Haschana (Neujahr) bis einschließlich Jom Kippur (Versöhnungstag) gebetet. Die Selichot (die Gebete um Verzeihung) werden in dieser Zeit vor dem üblichen Gebet gesprochen.

Chanina Ben Dossa Rabbi, Gesetzeslehrer im 1. Jh.

Chanukka hebr., »Einweihung«. Achttägiges Lichterfest zur Erinnerung an die Wiedereinweihung (165 v. Chr.) des von den Griechen entweihten Tempels, nach deren Vertreibung durch Juda Makkabi.

Chassidim hebr., Plural von Chassid, »Frommer«. Hier die Anhänger der religiösen Bewegung, die um 1740 von Israel Baalschem Tow in der Ukraine und in Polen gegründet wurde und in Osteuropa weite Verbreitung fand. Die Chassidim betonen das Gefühl in der Religion und im Gesetzesglauben.

Cheder hebr., »Stube«. Lehrstube der Elementarschule für Knaben (4.-13. Lebensjahr).

Cherubim hebr., Plural von Cherub, »Lichtengel«. Nach der Schöpfungsgeschichte sind die Cherubim die Engel, die am ersten Tage erschaffen wurden. Sie sind die Wächter des Weges zum Garten Eden und der Tore des Garten Edens. Sie befinden sich in der nächsten Umgebung Gottes und sind die Schützer der Bundeslade.

Chmielnicki, Bogdan (1593-1657) Kosakenführer, der im 17. Jh. in der Ukraine Aufstände gegen Polen auslöste, in deren Verlauf es zu Judenpogromen kam, bei denen über zweihundert Gemeinden ausgerottet wurden. Unter den Überlebenden fand der Chassidismus in besonderem Maße Aufnahme.

Cordovero, Mose (1522-1570), Rabbi. War der hervorragendste Kabbalist in Safed (Palästina) vor Isaak Luria.

Dibbuk hebr., wörtl. »Anhaftung«. Im jüd. Volksglauben ein Totengeist, der in den Körper eines Lebenden eintritt und bei dem so Besessenen ein irrationales Verhalten bewirkt. Nur einem Wundertäter kann es gelingen, die »Dämonen« auszutreiben.

Doenmeh Sekte, die sich 1683 in Saloniki bildete. Sie bekannte sich nach außen zum Islam, nannte sich aber weiterhin gläubig, denn sie glaubte an die Mission Sabbatai Zwis.

Dreidel Ein Würfel, durch den eine Spindel geht, so daß er sich kreiselartig drehen läßt. An den vier Seiten sind die hebr. Buchstaben: N, G, H, Sch eingezeichnet, die Anfangsbuchstaben von Nes gadol haja scham (ein großes Wunder ist dort geschehen). N = nichts, G = alles, H = halb, Sch = nochmals der Einsatz. Gespielt wird um Nüsse.

Frank, Jakob (1726-1791) Begründer einer »kontra-talmudistischen« Sekte, deren Anhänger sich schließlich taufen ließen. Versuchte eine Zeitlang für den Glauben der Sekte Sabbatai Zwis zu werben. Der Erfolg blieb aus. Schließlich trat Frank mit seinem Anhang zur römisch-katholischen Kirche über.

Führer der Verwirrten Werk des Moses Maimonides (1135-1204). Hier geht es vor allem um die Versöhnung der traditionellen Quellen mit den Forderungen der Vernunft.

Gabriel Einer der Erzengel. In der Bibel (Dav. 8, 16; 9, 21) als Bote Gottes erwähnt. In der nachbiblischen Literatur ist er Straf- und Todesengel, auch der Herr des Paradieses.

Gebetsriemen hebr.: Tfillin. Werden beim wochentäglichen Morgengebet am linken Arm, dem Herzen gegenüber, und an der Stirn angelegt; sie tragen Kapseln mit vier auf Pergamentenstreifen geschriebenen Texten aus dem Pentateuch: Exodus 13, 2-10; Ex. 13, 11-16; Deut. 6, 4-9 (Glaubensbekenntnis); Deut. II, 13-21.

Gebetsschal hebr.: Tallit. Viereckiger, weißer Überwurf aus Wolle oder Seide mit Schaufäden an den Ecken, der zum Morgengebet und feierlichen Zeremonien getragen wird.

Gehenna hebr., »Gehinnom«, Tal der Söhne Hinnoms. Tal im Süden Jerusalems, wo dem Moloch Kinderopfer dargebracht wurden (2. Kön. 23, 10). Metaphorisch: Stätte der Pein für die Bösen nach dem Tode. Bezeichnung für die Hölle.

Gemara hebr., »vervollständigte Erklärung«, »Erläuterung«. Diskussion der babylonischen und palästinensischen Talmudisten über die Mischna, mit der zusammen die Gemara den Talmud bildet, die mündlich überlieferte Lehre. Gemara bezeichnet auch den Talmud überhaupt.

Geonim »Majestäten«, »Prächtige«. Die Häupter der Akademien in Sura und Pumbedita, die maßgebenden Autoritäten des babylonischen Judentums in nachtalmudischer Zeit (600-1100 n. Chr.). Gaon Amram, Leiter der babyl. Gelehrtenschule.

Gog und Magog hebr. Nach Ezechiel 38 f. ist Gog König eines Nordlandes (Magog), der in der Endzeit Israel überfällt, aber vernichtet wird. Mythischer Doppelname für den Feind des Volkes Israel.

Granatapfelgarten von Mose Cordovero 1548 verfaßt, erschien zuerst in Krakau 1592.

Haman Minister des Perserkönigs Achaschwerosch (Xerxes). Wollte die Juden des Landes an einem Tag ausrotten, weil der Jude Mordechai sich nicht vor ihm verbeugen wollte. Durch die Königin Ester, zweite Gemahlin des Königs und nahe Verwandte Mordechais, erfuhr der König von Hamans Plan. Haman fiel in Ungnade und wurde auf dem Galgen, den er für Mordechai vorgesehen hatte, aufgehängt. Boten verkündeten im Land die Aufhebung des Hamanschen Befehles. Mordechai trat in Hamans Rang. Das wird im Buche Ester berichtet.

Jehuda Halewi (ca. 1075-1141) war der größte hebräische Dichter seiner Zeit. Er schuf zahlreiche Lieder für die Synagoge, die heute noch gesungen werden. Befaßte sich vorwiegend mit dem jüd. Schicksal.

Jerobeam I. (ca. 926-907 v. Chr.) Nach Salomos Tod König von Israel. Ließ zwei goldene Kälber anfertigen und befahl den Götzendienst. Betete Baal, den kanaanäischen Gott des Wachstums an. Einer der als Bösewichter angesehenen sieben Könige Israels, und einer der drei Könige, die nicht teilhaben an der zukünftigen Welt.

Jeschiwa hebr., »Sitz«. Höhere Lehranstalt, Hochschule für das Studium des Talmud.

Jom Kipur hebr., Jom ha-Kippurium, »Tag der Sühnungen«. Versöhnungstag, der höchste jüdische Feiertag, der den Abschluß der mit dem Neujahrsfest beginnenden zehn Bußtage bildet (Lev. 23, 27 ff.).

Kabbala hebr., »das Empfangene«, »Überlieferung«. Die Lehre und die Schriften der mittelalterlichen jüdischen Mystik ab ca. 1200. Die Kabbala beschäftigt sich hauptsächlich mit dem geheimen, mystischen Sinn des alten Testamentes und der talmudischen Religionsgesetze, mit Begriffs- und Zahlenkombinatorik, mit der geheimen Bedeutung und mystischen Kraft der verschiedenen Gottesnamen. Hauptwerk: das Buch »Sohar«.

Kaftan arab. Langer geknöpfter Oberrock der orthodoxen Juden.

Kain Erstgeborener Sohn Adams und Evas (1. Mos. 4, 1 ff.), Mörder seines Bruders Abel.

Kaschrut siehe koscher.

Klagemauer Ein Teil der herodianischen Umfassungsmauer des Tempelberges. Da die Juden nach der Zerstörung des zweiten Tempels durch die Römer (70 n. Chr.) keinen Zutritt zum Tempelberg hatten, wurde sie zur heiligen Stätte.

koscher von hebr. kascher, »recht«. Was nach der Ritualvorschrift erlaubt ist; den Speisegesetzen gemäß zubereitetes Essen.

Kugel Eine für den Sabbath schon am Freitag zubereitete Speise. Eine Art Auflauf auf der Basis von Nudeln oder Kartoffeln. Wird wegen seiner runden Form Kugel genannt.

Kusari von Jehuda Halewi (ca. 1075-1141). Der volle Titel des Buches: »Buch der Begründung und des Beweises zur Verteidigung des mißachteten Glaubens«. In arabisch geschriebenes Werk, das Jehuda Ibn Tibbon bald ins Hebräische übersetzte. Wurde als Kusari bekannt, denn zugrunde liegt die Bekehrung der Kasaren, eines kriegerischen Tartarenvolkes, zum Judentum (740).

Leviathan Im Altertum der Chaosdrache (Ps. 74, 14; Jes. 27, 1), auch ein Drachenkrokodil (Hiob 40).

Leviten Ursprünglich Bezeichnung einer besonderen Gruppe des Kultpersonals. Seit der Zeit Davids fungieren sie vor allem als Priestergehilfen, Sänger und Musiker.

Lilit Nach der talmudischen Überlieferung war Lilit Adams erstes Weib. Nach dem jüd. Volksglauben ist sie eine böse Dämonin, deren Bestimmung es ist, Säuglinge zu verderben. Gegen diese Kindbett-Dämonin sind spezielle, mit den Namen bestimmter Gottesboten versehene Amulette in Brauch, die die Säuglinge vor ihr schützen sollen.

Luria, Isaak (1534-1572), Rabbi; bedeutender Kabbalist.

Machlat Der Sage nach Tochter des Ismael, die mit Lilit um den Vorzug bei Semael, dem Geisterfürsten kämpft. Beide Dämoninnen treffen sich immer wieder in der großen schrecklichen Wüste um Mitternacht zum Kampf, zu dem Lilit mit 480, Machlat mit 478 Geistern antritt.

Machpela, Höhle von Grabstätte der Erzväter und -mütter (außer Rachel) bei Hebron.

Maimonides, Moses ben Maimon, (1135-1204). Religionsphilosoph und Theologe. Neben der Kenntnis des religiösen Schrifttums umfassendes Wissen in Philosophie, Mathematik, Astronomie und Medizin. Leibarzt Saladins. Geistiges Oberhaupt seiner Glaubensgenossen. Verfasser grundlegender Werke.

Mesusa hebr. (Mesuses, jidd. plural), wörtl. »Türpfosten«. Handgeschriebene kleine Pergamentrolle in einer Metall- oder Holzhülse, die am rechten Türpfosten des Hauses angebracht wird, mit Text aus Deut. 6, 4-9; 11, 13-21. Schutzsymbol.

Mischna hebr., wörtl. »Wiederholung«. Kern der mündlichen Lehre des Judentums, eines der beiden Teile des Talmud, ist ein Sammelwerk von Lehrsätzen und Ausführungsbestimmungen zum Pentateuch. Um 200 n. Chr.

Mazze (Mazza) hebr. Ungesäuertes Brot, für Pessach vorgeschrieben (Deut. 16, 3).

Messias hebr.: maschiach, »Gesalbter«, d. h. König. Im Judentum der von Gott verheißene Erlöser, der zwar die Herrlichkeit des davidischen Königtums erneuern, aber in erster Linie die wahre Herrschaft Gottes auf Erden errichten soll. Seit der babylonischen Gefangenschaft der erhoffte König der Zukunft.

Metatron Henoch (der Sohn Kains) wird nach einem gottgefälligen Leben zum höchsten aller Engel und zum Fürsten der göttlichen Gegenwart erhoben. Gott weist ihm den Thron neben der Glorie zu. Nach der himmlischen Verwandlung erhält der zum Engel erhobene Patriarch den neuen Namen Metatron.

Midrasch hebr., »Schriftauslegung«. Vortrag im Anschluß an die Toraverlesung der alten Synagoge, sowie die daraus erwachsene Literatur.

Minjan hebr., »Zahl«. Die Zehnzahl religionsgesetzlich volljähriger Juden, die als Mindestzahl für ein vollgültiges Gemeindegebet vorgeschrieben ist. »Wenn zehn zusammen beten, so ist Gottes Gegenwart mit ihnen« (Talmud).

Misnagdim hebr., Plural von Mitnaged, »Feind«. Gegner des Chassidismus.

Mizwa hebr., »Gebot Gottes«. Religiöse Pflicht, gute Tat.

Mizwa-Tanz Der Würdigste unter den Gästen tanzt bei der Hochzeitszeremonie mit der Braut.

Naama Nach der Überlieferung ist Naama, »Süße«, »Wonne«, das Weib Noahs. Der Sage nach ist sie ein überaus schönes Weib und so lieblich, daß die Engel durch sie verführt worden sind, Menschentöchter zu begehren. Sie ist die Mutter des Asmodäus, und überhaupt stammen alle bösen Geister und Dämonen von ihr ab, die nachts in der Welt umherschweifen.

Nachman ben Simcha aus Bratslaw (1771-1810), chassidischer Meister. Urenkel des Israel Baalschem.

Peies hebr.: peot, »Ecken«. Schläfenlocken. Nach altjüdischem Brauch darf das Kopfhaar nicht rundherum abgeschnitten werden. Gedacht als sichtbare Absonderung von den Heiden.

Pentateuch griech. Die fünf Bücher Moses: Genesis, Exodus, Leviticus, Numeri, Deuteronomion.

Quorum lat., siehe Minjan.

Rabbi hebr., von raw, »mächtig«, »erhaben«: »mein Lehrer«, »Meister«. Anrede und Amtsbezeichnung, Ehrentitel der jüdischen Schriftgelehrten, des bestallten Rabbiners, charismatischen Zaddiks (Gerechten), mitunter auch des Religionslehrers.

Raschi Abkürzung für Rabbi Schlomo ben Isaak (1040-1105). Der populärste Kommentator der Bibel und des Talmud im mittelalt. Europa. Die Raschi-Schrift ist ein Schrifttyp der hebr. Quadratschrift, der diese kursiv umbiegt; angeblich von Raschi zuerst angewandt.

Rasiel wörtl. »Geheimnis Gottes«. Nach alter Sage wurde dem ersten Menschen ein kabbalistisches Buch übergeben, das Buch Rasiel.

Reb Ehrentitel für Gebildete, Fromme oder auch nur ältere Männer

Responsen Sendschreiben und talmudische Rechtsgutachten der Geonim für die jüdischen Gemeinden im gesamten islamischen Raum, als Antworten auf die Fragen der verschiedenen Gemeinden, die vielfach noch keinen Talmudtext besaßen. Dies ist der Anfang der sich über ein Jahrtausend erstreckenden Responsenliteratur.

Rituelles Tauchbad hebr.: Mikwa. Seit ältester Zeit in jeder jüd. Gemeinde. Das Bad muß aus quellendem (fließendem) Wasser mit mindestens 800 l bestehen und dient zur Wiedererlangung der »Reinheit«.

Rosch Haschana hebr., »Anfang des Jahres«. Neujahrsfest am Beginn der zehn Bußtage.

Sabbatai Zwi (1626-1676), jüd. Schwärmer. Gab sich für den auf Grund kabbalistischer Verheißung 1648 erwarteten Messias aus; trat später unter Zwang zum Islam über. Die von ihm ausgelöste Bewegung (Sabbatianismus) hatte noch im 18. Jh. Anhänger und reichte bis in die Zeit der Franz. Revolution.

Sabbath hebr., »Ruhe«. Beginnt mit Sonnenuntergang am Freitag. Siebter Tag der Woche. Hochheiliger Ruhetag von aller Arbeit. Strenge Vorschriften sichern die Überlieferung der Heiligung und Ruhe (39 verbotene Arbeiten). Endet mit Sonnenuntergang Samstag.

Samael der oberste der Teufel, der Verführer und Ankläger der Menschen sowie der Todesengel.

Sambation Der Fluß Sambation heiligt den Sabbath, denn an allen Tagen schäumen seine Wellen, und die Wasser schleudern durch ihre Gewalt Steine ans Ufer. Doch am Sabbath ist alles still, und es fällt kein Stein auf den Sand. Am Sabbathtage ruht er. Sagenhafter Sabbathfluß im Reich der verschollenen 10 Stämme (Orient).

Sandalfon Einer der höchsten Engel.

Satan hebr., »Widersacher«. Im Buch Sacharja und im Buch Hiob der Gegenspieler Gottes. Später Teufel. In der Aggada und Mystik Samael genannt, auch mit dem Todesengel gleichgesetzt.

Schofar hebr. Althebräisches Blasinstrument aus einem Widderhorn. Wird heute noch im Kult verwendet. Wird Rosch Haschana und Jom Kippur geblasen.

Schulchan Aruch hebr., »gedeckter Tisch«. Kompendium des jüdischen Religionsgesetzes und Rechts in systematischer Anordnung und in knappster Form für den praktischen Gebrauch, verfaßt von Joseph Caro (1488-1575).

Seder hebr., »Ordnung«. Die Ordnung für die mit einer Fülle von

Zeremonien und symbolischen Speisen verbundene Familienfeier an den ersten beiden Passahabenden. Der Familienvater verliest am Sederabend die Haggada, die Erzählung vom Auszug Israels aus Ägypten, es werden vier Gläser Wein getrunken, der Prophet Elias wird erwartet (Elias-Becher, offene Tür).

Sefiroth Die 10 Urzahlen. Mit den 22 Buchstaben des hebr. Alphabets bilden sie die Elemente der Welt. Der Begriff der Sefiroth stammt ursprünglich aus dem Buch der Schöpfung, wo er einfach »Zahlen« bedeutet. In der mystischen Literatur hat er den Sinn von göttlichen Potenzen und Emanationen angenommen. Die Kabbalisten nehmen 10 fundamentale Attribute Gottes an, die zugleich 10 Stufen der Manifestation des Göttlichen sind. Die Emanation der Sefiroth ist ein Vorgang *in* Gott, der aber den Menschen gleichzeitig die Möglichkeit gibt, Gott zu erreichen. Jede Stufe wird mit einem eigenen Namen bezeichnet und alle zusammen ergeben ein kompliziertes Gebäude mystischer Symbolik. Sie sind der mystische Baum Gottes oder der Baum der göttlichen Kraft, und dieser Baum Gottes ist zugleich die Struktur aller Welten.

Seraphim hebr., Plural von saraph, »Schlange«. Im Altertum bei Jesaja Kap. 6 Name von sechflügeligen Wesen, die Gott umschweben. Später unter die Engel eingeordnet. Nach Pseudo-Dionysius sind die Seraphim der höchste der neun Engelchöre und die Träger höchster Liebesglut.

Simchat Tora hebr., »Torafreude«. Freudenfest im Herbst beim Abschluß des Jahreszyklus der Toraverlesungen.

Sohar hebr., »Lichtglanz«. Hauptwerk der Kabbala; entwickelt in der Form einer Erläuterung zum Pentateuch ein System kabbalistischer Gotteserkenntnis. Wurde wahrscheinlich von Moses de Leon (gest. 1305) in Spanien verfaßt, galt zuerst als Werk des Rabbi Simon ben Jochai.

Sulamit hebr., Mädchen aus Sulem oder Sunem. Im Hohen Lied Name der Braut.

Talmud hebr., wörtl. »Belehrung«, »Lehre«, »Studium«. Nächst der Bibel Hauptwerk des Judentums, eine Zusammenfassung der Lehren, Vorschriften und Überlieferung der nachbiblischen Jahrhunderte (abgeschlossen im 5. Jh. n. Chr.). Die früheren Teile (Mischna) ordnen die biblischen Gesetze und kommentieren sie, die späteren Teile (Gemara) ergänzen, erklären und paraphrasieren die Mischna mit Sagen, Legenden und Erbaulichem.

Tannaiten aramäisch, Plural von Tanna, »einer, der wiederholt, lehrt«. 1. Lehrer der Mischnazeit bis zum Ende des 2. nachchristl. Jhs. 2. Ein Gelehrter, der in der Mischna zitiert wird. 3. Ein Gelehrter, der zur Zeit der Amoräer die tannaitischen Lehren beherrschte.

Targum (aramäische Bibelübersetzung). Ein aus dem Assyrischen kommendes Wort, das besonders für eine paraphrasierende übersetzung der hebr. Bibel in die aramäische Umgangssprache gebraucht wird. Targum = wörtl. Übersetzung.

Tora hebr., »Lehre«, die fünf Bücher Moses, der Pentateuch und dann allgemein das gesamte religiöse Schrifttum oder Wissen. Im Gottesdienst wird ein Abschnitt daraus von einer handgeschriebenen Pergamentrolle verlesen.

Traubaldachin hebr.: Chuppa. Wird im Freien aufgestellt, unter ihm werden Braut und Bräutigam zusammengeführt.

trejfe Gegensatz von koscher. Nach den Speisegesetzen, rituell, verboten.

Verlobung Nach talmudischem Brauch erfolgt die Eheschließung in zwei Stufen. 1. Die rechtlich verbindliche Verlobung: Der Bräutigam muß der Braut in Anwesenheit von zwei Zeugen ein Geschenk in einem Mindestwert – meist ein Ring – übergeben und sagen: »Siehe, mit diesem ... bist du mir geheiligt ...« Dazu spricht er einen Segen über Wein. Von da an gilt die Verlobte rechtlich als seine Frau. 2. Ein Jahr später erfolgt die Hochzeit.

Vital, Chaim (1543-1620), Rabbi, Kabbalist, bedeutendster Schüler Isaak Lurias.

Wand Östliche W.: Misrach (Osten) bezeichnet die Gebetsrichtung. Westliche W.: Klagemauer. Im Osten (Misrach), Sonnenaufgang. Diese Himmelsrichtung hat für das Judentum besondere Bedeutung, weil dort Israel liegt. Die Synagogen werden nach dieser Richtung gebaut. In den Synagogen werden die Sitze an der Misrachwand besonders geschätzt und teuer bezahlt. In den Wohnungen wird die nach Osten gehende Wand besonders gekennzeichnet, damit der Betende die Richtung nach Jerusalem sofort erkennt.

Zaddik hebr., »Gerechter«, »Bewährter«. In der Bibel werden damit die vollkommenen Frommen bezeichnet. In der Kabbala ist er Mittler zwischen Gott und Mensch. Im Chassidismus wird er als die Verkörperung der Tora angesehen. Der Zaddik nimmt sich seiner Schüler an, nimmt einige zu Hause auf und ist Berater für alle. Bei den Chassidim ist er oft ein wundertätiger Rabbi.

Zusammengestellt von Rachel Salamander